www.mayabook.co.kr

www.mayabook.co.kr

www.mayabook.co.kr

지은이 | 글작소
펴낸이 | 권순남
펴낸곳 | (주)마야 · 마루출판사
등록 | 2008. 1. 7(제310-2008-00001호)

초판 인쇄 | 2012. 8. 7
초판 발행 | 2012. 8. 9

주소 | 서울시 노원구 상계 1동 1049-25 신영산업 BD 602호
대표전화 | 02-2091-0291
팩스 | 02-2091-0290
이메일 | marubooks@hanmail.net

ISBN | 978-89-280-0849-0(세트) / 978-89-280-0899-5
정가 | 8,000원

잘못된 책은 교환하여 드립니다.
저자와 협의하여 인지를 붙이지 않습니다.

포교

4

글작소 신무협 장편소설

MAYA & MARU ORIENTAL STORY

마루&마야

诘校

목차

제40장. 숨겨진 이야기 …007

제41장. 추노꾼 백울 …031

제42장. 짝사랑의 끝 …049

제43장. 과거를 버리다 …079

제44장. 계약을 확정하다 …099

제45장. 팔밀이를 당하다 …119

제46장. 회피하지 못하다 …145

제47장. 하북삼흉 …165

제48장. 진퇴양난 …193

제49장. 하북 일흉, 이흉, 삼흉 …215

제50장. 덫을 놓다 …239

제51장. 골칫덩이를 맡다 …261

제52장. 비호대를 세우다 …285

· 본 작품은 창작 집단 (주)글바랑 소속 작가의 창작물입니다.

제40장
숨겨진 이야기

 관화가 눈을 뜬 것은 검은 어둠 속에서였다.
 코앞조차 분간할 수 없을 만큼 짙은 어둠, 그 속에서 밀어닥치는 두통에 머리가 깨질 듯 아파 왔다.
 "아……."
 작은 신음이 새어 나오자마자 낯선 음성이 곁에서 울려왔다.
 "쉿!"
 순간 모조리 일어서는 솜털.
 "누, 누구세요?"
 당황하는 관화의 물음에 어둠 속의 음성이 마치 속삭이듯 답했다.

"너에게 극락을 구경시켜 줄 사람. 하지만 지금은 좀 조용히 해 줬으면 좋겠다."

다시 들은 상대의 음성이 아주 낯설지만은 않다.

당황이 가라앉자 본능을 물리고 훈련받은 능력이 슬그머니 일어섰다.

선천적으로도, 또 후천적으로도 뛰어나다는 평가를 받아왔던 기억력이 그녀의 머릿속을 뒤적이기 시작했다.

그리고 밖으로 모습을 드러낸 상대는……

"백몽홍을 시키신 손님이군요?"

관화의 물음에 어둠 속에 신형을 숨긴 일중의 눈이 커졌다.

"호오~ 내 목소리를 기억하나?"

"오래전의 손님도 아니고 직전의 손님을 기억하지 못할 정도는 아니랍니다."

"그래? 단골도 아니고 말을 나눈 것도 몇 번뿐인데 대단하군."

"대단할 정도는 아니죠."

대화를 나누며 조금씩 움직였다.

그녀가 원하는 것은 음성이 들리는 곳에서 반장 안으로 들어가는 것이다.

한데 그 노력이 장애물을 만났다.

"네가 그냥 기녀가 아니라는 것쯤은 알아. 하니 그걸 굳이 드러내려 노력하지 마라."

그 말에 관화의 솜털이 다시 일어섰다. 상대의 음성 속에서 잘게 부서지는 살기를 느낀 탓이다.

"당신… 도 일반 손님은 아닌 것 같군요. 그리고 전, 기녀가 아니랍니다."

"일반 손님이 기녀를 납치하진 않지. 아! 기녀가 아니라고 했나?"

"그래요, 전 기녀가 아니라 마담이죠. 이야기만 나누는 사람입니다."

"이야기를 나눈다라… 뭐, 하긴 직업은 상관이 없지. 그나저나 어디 출신이지?"

"무슨… 말이죠?"

"숨긴다고 숨겨지나? 행동의 침착성, 사람을 순식간에 훑어 내는 눈동자, 슬쩍슬쩍 찔러 보는 화술. 대충 정보 계통 같은데… 백도맹? 아니면 마련?"

"무슨 말인지 모르겠군요."

관화의 답에 상대는 낮게 웃었다.

"크크크, 애는 쓴다만… 그나저나 그만두라는데도 꽤 끈질긴 소저로구먼. 그렇게 다가오면 무언가를 할 수 있다고 생각하는 건가?"

상대의 말에 관화는 당황했다. 아무것도 보이지 않고 거리는 여전히 멀게 느껴졌다.

"눈이 밝군요."

"어둠은 내 집과 같으니까."

귀에 익은 말이다. 저리 말하고 다니는 인사에 대해 들은 적도 있는 듯했다.

"유명한 분인가 보군요."

"왜, 날 아나?"

"아직은… 하지만 그 말, 들어 본 적이 있어요."

"말? 어떤 말?"

"어둠은 내 집과 같다는 말."

관화의 답에 일중의 입가에 미소가 그려졌다.

"하긴 그 말을 즐겨 사용하는 편이지. 쉿!"

상대의 음성이 갑자기 끊어졌다.

'왜? 설마 구출자?'

생각이 들자마자 관화가 물었다.

"왜 그러죠?"

"조용히 하라니까 떠들긴……. 설마 그 음성을 듣고 구출되길 바라서 그러는 건가?"

"추적이 붙은 모양이군요?"

"추적은 무슨… 포쾌 놈들 몇이 뜬 것뿐이야."

상대의 말에 관화의 눈이 반짝거렸다.

"잡힐까 봐 겁먹은 거로군요?"

"겁? 크크크… 귀찮을 뿐이야. 더구나 즐거운 일을 앞두고서 피를 보는 것은 내 취향도 아니고."
"그럼 조용히 할 필요도 없겠네요."
 계속해서 재잘대는 관화를 바라보며 일중은 비틀린 웃음을 지었다.
"크크크, 눈물이 날 지경의 노력이로군. 하지만 그 노력의 결과가 저들의 죽음일 거란 생각은 하지 않나?"
"저들을 죽일 수 있다고 생각하는군요?"
"당연한 걸 묻는군."
 그때였다, 누군가가 그녀의 이름을 목이 터져라 부른 것은.
"관화~! 관화~! 어디 있소, 관화~!"
"애타게 찾는 걸 보니 널 좋아하는 놈인가 보군."
 일중의 말에 관화가 기억을 더듬었다. 하지만 알지 못하는 음성이다.
 박 포교이거나 최소한 꿩마의 음성만 같아도 소리를 질렀을 텐데.
 낙담하는 관화의 귀로 반가운 음성이 들린 것은 바로 그때였다.

 엉덩이에 불붙은 망아지처럼 이곳저곳으로 뛰어다니며 고함을 질러 대는 거패를 못마땅하게 바라보던 세영이 핀잔을 주었다.

"아주 개봉 사람들 다 깨워라! 다 깨워!"

세영의 핀잔에도 불구하고 거패는 계속 고함을 질러 댔다.

"관화~! 어디 있소? 관화~! 관화~!"

"저런다고 납치된 여자가 답을 할 수 있다고……."

"여기예요!"

갑작스런 여성의 고함 소리에 놀란 세영의 말이 잘려 나갔다.

다른 이들도 당황하긴 마찬가지라 멈춰 서서 소리가 들려온 방향을 바라보는데, 무언가 시커먼 것이 무서운 속도로 돌진해 가는 것이 보였다.

콰직-

소리가 난 곳과 거패 사이에 존재하던 집 하나가 통째로 터져 나갔다.

잠자다 말고 멀쩡한 집이 무너지는 횡액을 당한 부부가 놀라서 뛰쳐나오는 가운데, 관화의 고함이 튀어나온 곳의 벽을 부수고 거패가 들이닥쳤다.

쾅-

부서진 벽의 잔해와 함께 뛰어든 거패의 신형이 바람처럼 돌았다.

부우웅-

40근짜리 도끼가 바람을 짓이기며 날았다.

콰직-

기둥 하나를 박살 낸 도끼의 측면을 타고 검은 그림자가 빠져나갔다.

거패의 도끼가 그 그림자를 쫓았다.

쒜엑-

짧은 파공성을 이끌고 시커멓게 칠해진 비도 하나가 어둠 속에서 떠올랐다.

팅-

다급히 도끼를 끌어당긴 거패의 코앞에서 비도가 도끼날에 부딪쳐 튕겨 나갔다.

스걱-

언제 쫓아 들어온 것인지 검은 그림자의 단검이 사각에서 휘둘러졌다.

급하게 몸을 뒤로 물렸지만 어깨를 베이는 것은 막지 못했다.

"이런 개 같은!"

분노한 거패의 거체가 그림자를 덮쳤다.

퍼렁-

속이 빈 장삼이 거패의 품에서 펄럭였다.

그 장삼을 갈기갈기 찢어 내는 거패의 목 뒤로 날카로운 비도가 내리꽂혔다.

챙-

금속성과 함께 비도의 방향이 뒤틀렸다. 그것을 만들어 낸 것은 밖에서 날아든 돌멩이였다.

 비도가 틀어지는 순간 그림자는 뒤도 돌아보지 않고 건물이 주는 어둠 속으로 모습을 감췄다.

 쾅-

 반대편 벽이 터져 나가며 황렬이 들어섰다.

 그렇게 되자 뒤를 통해 도주하려던 그림자가 단삼과 함께 달빛에 드러났다.

 팍-

 허공에서 사람의 모습이 사라졌다.

 굵은 눈썹을 꿈틀거린 황렬의 무지막지한 주먹질이 흔적을 따라 허공을 때렸다.

 꿍-

 무언가 맞았는데 폭음이 낮다. 권격의 대부분을 비껴 냈다는 소리다.

 그 덕일까, 공격당한 존재는 여전히 몸을 숨긴 채 모습을 드러내지 않았다.

 그런 소란스러움 안으로 세영이 발을 들였다.

 공간을 훑던 그의 눈이 반짝였다.

 '사람이든 동물이든 살아 있는 모든 것은 그 존재만으로도 자연지기의 왜곡을 불러온다. 그것은 눈에 보이지 않

는 존재도 마찬가지다. 즉, 자연지기가 왜곡되는 곳엔 반드시 무언가가 숨어 있다는 뜻이다. 그게 사람이든, 동물이든, 귀신이든.'

사부의 말이 아니어도 자연지기가 무섭게 휘어지는 곳이 이상하지 않을 리 없다.
그곳을 향해 세영의 팔이 벼락을 토했다.
쾅-!
망타가 공간을 통째로 부숴 놓았다.
그렇게 부서진 공간이 피를 뿜어내는 사람 하나를 토해 냈다.
피릭-
공간에서 튕겨 나오자마자 그림자는 무서운 속도로 건물 밖으로 도주했다.
황렬이 뒤쫓아 움직였지만 은신술에 대해 아는 게 별로 없는 그가 찾기엔 무리였다.
슬쩍 세영이 밖으로 시선을 주었을 땐 자연지기의 왜곡이 멀리 도심 외곽 쪽을 향하고 있었다.
"빠르군."
"어딘데?"
투덜거리며 다시 돌아온 황렬의 물음에 세영이 고개를 저었다.

"돼. 쫓아가도 찾기가 쉽지 않겠어."

도주한 놈의 흔적이 유곽으로 향했기 때문이다.

그곳은 밤이어도 사람의 통행이 많다. 자연지기의 왜곡이 그만큼 많다는 의미다.

그런 곳에서 숨어 있는 놈을 찾기란 세영으로서도 버거운 일이었다.

세영의 말에 추적을 포기한 황렬이 들어선 곳에선 거패가 구석에서 발견된 관화의 손발을 묶고 있던 줄을 푼다고 난리 법석을 떨고 있었다.

　　　　✼　　✼　　✼

날이 밝은 좌포청엔 생각 못한 사람이 들이닥쳤다.

"놈이 나타났다고?"

어떻게 퍼진 것인지 개봉엔 환요랑이 관화를 납치했었단 소문이 파다하게 퍼져 있었다.

그 소문을 듣고 한걸음에 달려온 포장의 물음에 수부타이는 세영을 돌아봤다.

"말씀을 올리게."

수부타이의 팔밀이에 세영이 지난밤에 있었던 사건을 설명했다.

"어젯밤 이화루의 점원이 납치를 당했었습니다."

"여인이었다면서?"

포장의 물음에 세영이 고개를 끄덕였다.

"예, 관화라던 마담입니다."

"하면 놈이 그 여인을 노린 것이로구먼."

포장의 말에 세영이 고개를 저었다.

"놈이 환요랑이란 증거는 없습니다."

"무슨 소리! 사람들이 버젓이 바라보는 상황에서 여인이 순식간에 혼절을 했어. 그뿐인가? 그 많은 사람들 속에서 그녀를 둘러업고 사라지는 놈을 제대로 본 이가 없어. 그런 뛰어난 은신술이 흔하다 말할 셈인가?"

찾으라면 못 찾을 것도 없다.

일단 세영이 가진 은보도 그놈이 보인 은신술보다 떨어진다는 생각은 들지 않았으니까.

하지만 그렇게 말해 미움을 받을 생각도 없었다.

"일단 조사 중입니다. 결과가 나오는 대로 포령께 보고하겠습니다."

길게 말할 게 없었던 세영이 입을 닫자 포장이 수부타이를 바라보았다.

"오늘부터 이곳으로 등청하겠네. 보고할 것이 생기면 지체하지 말게."

포장의 말에 수부타이가 곧바로 고개를 숙였다.

"존명!"

자신의 집무실을 포장에게 내주고 나온 수부타이가 세영을 붙잡았다.

"정말 환요랑인지 아닌지 모르는 건가?"

"의심은 있습니다만… 정확하진 않습니다."

"놈이 이화루의 마담을 노리다 실패했다면 그녀를 또 노리지 않을까?"

"그래서 포쾌 하나를 붙여 놓았습니다."

"황 포쾌 말인가?"

수부타이의 물음에 세영이 고개를 저었다.

"거 포쾌를 붙여 놓았습니다."

거 포쾌? 이름이 입에 붙지 않는다.

그 말은 이번에 세영의 추천으로 포쾌가 된 이들 중 한 명이란 소리였다.

"그가 환요랑과 맞설 수 있겠나?"

"적어도 빼앗기진 않을 겁니다."

세영의 답에 수부타이의 얼굴에 놀람이 떠올랐다.

그 말은 거 포쾌의 능력이 자신의 상상을 훨씬 뛰어넘는다는 소리이기 때문이다.

"무, 무림인인가?"

그 말에 세영이 미소를 지었다.

"그냥… 전향한 범죄자입니다."

"전향한 범죄자?"

고개를 갸웃거리는 수부타이에게 세영이 말했다.

"여하간 제 역할은 잘 해낼 겁니다. 걱정 마십시오, 포령."

"자네가 그리 말한다면야… 그래도 주의하게. 포장께서 직접 나서서 챙기는 일이야. 사달이라도 벌어진다면 문책이 따를 걸세."

"예, 주의하겠습니다."

순순히 고개를 끄덕이는 세영을 돌려보낸 수부타이는 비어 있던 선임 포두의 집무실로 들어갔다.

보고를 마치고 집무실로 돌아온 세영을 살막주가 기다리고 있었다.

"요샌 주인 허락도 없이 막 들어온다?"

"송구합니다."

고개를 조아리는 살막주의 표정을 흘긋 바라본 세영이 물었다.

"왜, 무슨 안 좋은 일이랴도 있냐?"

"그게… 어젯밤 사달의 주인공… 환요랑이 맞습니까?"

"확실하지 않다는 건 막 포쾌에게 들었을 텐데?"

"그렇긴 합니다만……."

뒷말을 흐리는 살막주를 바라보며 자리에 앉은 세영이 물었다.

"털어놔 봐, 그 작자가 살막을 떠난 이유."

숨겨진 이야기 • 21

"그 말씀은… 환요랑이 맞는다는……?"

"이미 말했잖아, 확실하지 않다고. 다만 궁금할 뿐이야. 왜 네가 그 일로 아침 댓바람부터 달려와야 했는지 말이야."

그 말에 살막주의 표정이 어두워졌다.

"좋은 이야긴 아닌 모양이군."

"가능하다면… 감추고 싶은 이야기지요."

"풀어놔 봐. 알아야 뭘 어떻게 할지 결정하지."

세영의 독촉에 살막주가 입을 열었다.

"뛰어난 자객이었습니다."

"그 이야긴 들었어."

"그냥 뛰어난 정도가 아니었습니다. 십대고수……."

"일송자의 명줄을 끊었다는 것도 알고, 그 일송자가 구파일방의 살예를 모조리 연성한 자라는 것도 알아. 그러니 그다음."

"십칠 호의 입이 생각보다 가볍군요."

"우선 그 녀석은 십칠 호가 아니라 막 포쾌야. 그리고 입은 가벼운 거 맞아."

그 말에 살막주가 씁쓸한 미소를 그렸다.

"소속이 다르다는 말씀이시군요."

"소속이 아니라 살아가는 세상이 달라진 거라고 봐야겠지."

그 말에 살막주가 물었다.

"그렇지 않아도 여쭙고 싶었습니다. 십칠 호, 아니 막야보다 뛰어난 막원들도 많았는데, 왜 그 녀석을 선택하신 겁니까?"

"내가 중신을 섰어. 둘 사이에 태어난 애들까지 자객이 되게 둘 순 없잖아. 그렇게 되면 매향… 아니, 유린 소저… 이 것도 아니군. 제수씨한테 미안하잖냐."

그 답에 미소 짓던 살막주가 조심스럽게 말했다.

"막야가 벌인 살행과 관련한 이들이 조만간 찾아올 겁니다."

"잘 해결해 봐야지."

"일반인은 엄두도 못 낼 테고, 무림인들일 텐데… 괜찮으시겠습니까?"

"안 괜찮으면 또 어찌겠어. 할 수 없는 거지."

세영의 말에 살막주가 고개를 내저었다.

"왜 그리 힘든 길을 가려 하시는지 저는 잘 모르겠습니다."

"그건 나도 그래."

그 말에 살막주는 못 말린다는 표정으로 웃었다. 그런 살막주에게 세영이 물었다.

"딴소린 그만하고, 이제 하던 이야기나 마무리 짓지."

순식간에 표정이 굳어진 살막주가 무거운 음성으로 말

했다.

"정말 뛰어난 자객이었습니다."

"안다니까. 그러니 그다음을 말하란 말이야."

피식-

세영의 핀잔에 작게 웃은 살막주가 말을 이었다.

"그는… 제 처숙부입니다."

"그 이야기도 들었다. 놈이 전대 살막주의 동생이었다면서?"

"예, 그랬지요."

"어째 말이 과거형이다?"

"흠… 이걸 뭐라 말씀드려야 할지 모르겠습니다만……."

"말해 봐. 어지간한 건 다 이해해 볼 테니까."

세영의 말에 용기를 낸 것인지, 아니면 어차피 해야 할 말이었기 때문인지 살막주는 뒷이야기를 이어 나갔다.

"그는 제 처숙부인 동시에… 처의 사촌 오빠였습니다."

"처숙부인 동시에 처의 사촌 오빠라… 뭐, 그럴 수도… 가만, 뭐? 처숙부인 동시에 처의 사촌 오빠?"

"예."

"무슨 촌수가 고무줄도 아니고, 어떻게 그렇게 변할 수가 있지?"

"전전대 막주, 그러니까 제 처의 할아버지가 술을 몹시 좋아하셨다더군요."

"사람을 죽이는 직업을 갖다 보면 그럴 수도 있지. 그런데 그거와 이게 무슨 상관인데?"

고개를 갸웃거리는 세영을 보며 살막주는 한숨을 쉬듯 말을 이었다.

"어느 날 만취한 전전대 막주께서 달빛 아래에서 너무나 고운 막원을 발견하셨더랍니다. 두말없이 그 아일 취하셨는데……."

"설마……?"

놀라는 세영에게 살막주가 답했다.

"자신의 딸이었지요."

"이런!"

무언가 욕을 해 주고 싶었지만 남의 가족이었다.

더구나 그 가족의 일원이 눈앞에 있으니 세영은 뒷말을 애써 삼키며 입을 닫아야 했다.

그런 세영을 바라보며 살막주가 어둡게 미소 지었다.

"빌어먹을 종자인 셈이죠."

"그, 그래, 빌어먹을 작자다."

세영의 말에 다시 한 번 씁쓸하게 웃어 보인 살막주가 말을 이었다.

"여하간 그 사건의 결과로 태어난 것이 바로 그였습니다."

"그 작자도 어지간히 불행한 인생이로군."

그 말에 살막주가 머리를 저었다.

"처음엔 아니었습니다. 그 사실을 아는 몇 안 되는 이들이 함구하였으니까요."

"그럼……?"

"그 딸… 그러니까 환요랑의 어머닌 그를 임신하고 있을 때 잠시 살막을 떠나 있었습니다. 그녀가 돌아온 것은 아이를 출산한 후였지요. 그녀가 안고 온 아이를 전전대 막주는 자신의 아들로 키웠습니다."

"그럼 어머닌?"

"어머니는 죽은 것으로 되어 있었습니다. 환요랑의 친모가 그녀와 함께 움직이다 적에게 죽임을 당한 것으로 이야길 꾸몄지요."

"그럼……."

"환요랑은 그녀를 잘 따랐습니다. 노처녀인 누나가 자신을 지극정성으로 돌봤으니까요."

"흠……. 한데 왜 뛰쳐나간 거지?"

"처음에 문제를 일으켰던 술이 결국 다시 문제를 만들었지요."

"그럼 전전대 막주가?"

"그 일이 있은 후 술을 입에도 대지 않던 전전대 막주가 무슨 이유에선지 대취해서 살막으로 돌아왔답니다. 그리고 그날, 자신의 딸을 부여잡고 자신이 죽일 놈이라며 대성

통곡을 했다더군요. 문제는 그러는 와중에 자신과 딸 사이의 일을 다 떠들어 댔다는 겁니다."

"죽일 놈이 죽을 짓만 하는군."

"그런 셈이 되었지요. 그날, 딸이… 그러니까 환요랑의 진짜 친모가 목을 맸으니까요."

"쯧. 그럼 환요랑이 살막을 뛰쳐나간 게……?"

"아닙니다. 그는 그로부터 보름 후에야 살막을 나갔습니다."

"보름 후? 그 시간을 왜 버틴 거지?"

"그가 모습을 감춘 날 아침, 전전대 막주는 자신의 침상에서 숨이 끊어진 채 발견되었습니다."

"결국 아버지를 제 손으로 죽이고 도망쳤다는 소리군. 가만, 그게 언제 적 이야기야?"

"이십년 전 이야깁니다."

"그럼 살막에 문제가 생길 일은 아니네."

세영의 말에 살막주가 고개를 저었다.

"그건 섣부른 판단이신 듯하군요."

"설마… 그것 말고도 은원이 또 있는 거야?"

"환요랑이 살막을 나가던 날 전전대 막주의 시신 위에 한 장의 서찰을 남겨 두었답니다."

"무슨 서찰?"

"자신을 기만한 살막을 언젠가 다시 돌아와 세상에서 지워 버리겠노라고 써 두었다더군요."

"훗날의 후한을 용케도 살려 두었군."

"그럴 거라고 보십니까?"

살막주의 물음에 세영의 눈이 커졌다.

"그럼……?"

"대대적인 추격전이 벌어졌었습니다. 당시 살막이 보유한 자객 여든다섯이 모조리 투입되었지요."

"그런데도 살아 있다는 건, 결과가 좋지 못했다는 소리로군."

"서른넷. 그때 돌아오지 못한 막원의 수입니다. 나머지도 새로 막주가 된 장인이 귀환 명령을 내리지 않았다면… 돌아오지 못했을 가능성이 높았다는 것이 중론입니다."

"그런 놈이 돌아왔다면……."

"전쟁이 다시 시작되었다는 뜻입니다."

살막주의 말이 끝날 때쯤 막야가 다급한 표정으로 문을 열었다.

"무슨 일이야?"

세영의 물음에 막야가 다급한 음성으로 답했다.

"놈이, 놈이 다시 나타났습니다."

벌떡 일어선 세영이 물었다.

"어디?"

"이화루, 관화입니다!"

막야의 답이 끝나기 무섭게 세영의 신형이 방을 벗어났다. 그 뒤를 살막주와 막야가 황급히 따랐다.

제41장
추노꾼 백울

세영이 당도한 이화루는 난장판이었다.

특히 관화가 일하는 1층은 도처에 구멍이 뚫리고, 성한 집기를 찾아보기 어려웠다.

그 구석에서 거패가 관화의 도움으로 치료를 받고 있었다.

"어떻게 된 거야?"

세영의 물음에 거패가 답했다.

"놈이 다시 습격했습니다."

어젯밤에 다친 왼쪽 어깨만이 아니라 배와 오른쪽 팔에도 붕대를 감고 있는 그의 모습에 세영이 물었다.

"많이 다쳤나?"

"조금 스쳤을 뿐입니다."

거패의 답에 관화가 눈살을 찌푸렸다.

"팔은 뼈가 보일 정도로 상처가 깊어요."

관화의 말에 세영이 혀를 찼다.

"쯧! 가. 가서 의원한테 치료 좀 받아."

"하, 하지만……."

"여긴 내가 있을 테니까 걱정 말고 가. 정히 걱정이거든 치료받고 다시 오든가."

세영의 말에 비로소 자신을 완전히 제외시키는 것이 아니라는 걸 이해한 거패가 자리에서 일어섰다.

"알겠습니다. 잽싸게 다녀오겠습니다."

"천천히 와도 돼. 대신 치료나 제대로 받아. 그 덩치에 나중에 상처 덧나서 끙끙거리지 말고."

멋쩍게 웃은 거패가 고개를 숙였다.

"다녀오겠습니다."

그렇게 이화루를 떠나가는 거패와 스치며 막야와 살막주가 들어섰다.

"놓친… 겁니까?"

"그래."

세영의 답에 살막주가 주변을 둘러보더니 표정이 딱딱하게 굳어졌다.

그 모습을 바라보던 세영이 물었다.

"왜?"

"그… 가 맞는 모양입니다."

"어찌 알아?"

"세류살(細柳殺)의 흔적입니다."

"세류살?"

"저희 쪽의 절기입니다."

살막주의 말에 저만치 서 있던 관화의 눈이 반짝였다.

하지만 살막주는 남겨진 흔적을 살피느라, 또 세영과 막야는 그의 말에 주의를 기울이고 있느라 그녀의 반응을 알아차릴 수 없었다.

"그걸 익혔다고 해서 꼭 그자일 리는 없잖아."

"그자입니다. 우리 쪽에서 세류살을 익힌 자는 그자뿐입니다. 그가 나가면서 전수가 끊겼지요."

"한데, 어떻게 알아보는 거지?"

세영의 물음에 살막주가 반쯤 부서진 채 제멋대로 나동그라져 있는 탁자를 가리켰다.

"여기, 이곳을 보시면 가는 홈 여러 개가 가지런히 나 있는 것을 보실 수 있을 겁니다."

살막주의 말에 탁자를 살피던 세영이 고개를 끄덕였다.

"그렇군. 그런데 이거… 무기 같진 않은데?"

"강기입니다."

"강기?"

세영의 눈에 놀람이 깃들었다.

강기를 이 정도로 휘둘렀음에도 거패가 살아남았다는 것이 이해가 가지 않았기 때문이다.

그 의문을 알아차렸던지 살막주가 설명을 이었다.

"순수한 강기는 아닙니다. 설명하자면… 억지로 뽑아낸 강기라고 할까요? 그것도 자신의 내력이 아니라 타인의 것을 이용한 겁니다."

"타인의 내력을 이용해? 누구의 것을… 설마… 거패?"

세영의 물음에 살막주가 고개를 저었다.

"타인이라고 아주 타인의 것은 아닙니다. 이걸 어떻게 설명해야 할지… 그러니까… 아! 흡정대법에 대해선 아십니까?"

"알지. 아주 더러운 사공이라면서?"

사부에게 들었었다. 중원의 지나 놈들이 가진 더러운 무공 중 하나라고.

"그렇게만 치부하기엔 담긴 무리가 너무 심오합니다. 여하간 그 흡정대법의 일부가 살막으로 전해져서 탄생한 것이 세류살입니다. 마교의 흡정대법은 상대를 가리지 않지만… 세류살은 순음지체의 것만 당길 수 있습니다. 대신 흡정대법엔 없던 기능이 생겼지요."

"무슨……?"

"내력이 아니라 정력, 다시 말해 선천진기를 끌어당길 수 있다는 겁니다. 그 말은 내력이 없는, 무공을 연성한 적이 없는 사람에게서도 선천진기를 끌어낼 수 있다는 것이죠."

"하지만 환요랑이 사람의 정기를 빨아 죽였다는 소리는 못 들었는데?"

"제아무리 세류살이라도 선천진기를 모조리 빨아들일 수는 없습니다."

"그럼 적당히 티 안 날 정도만 빨아들인다는 건가?"

"예."

"하면 환요랑이 여인들을 겁탈한 것이……?"

"세류살을 완성하기 위해서였을 겁니다."

"그럼 완성된 세류살의 능력은?"

"못 뚫을 것이 없고, 죽이지 못할 이가 없습니다."

'세상에서 제일 웃긴 이야기가 뭔지 아냐? '뭐든지 막는 방패'와 '뭐든지 뚫는 창'이란 말이다. 세상에 절대란 없어. 언제나 그 위가 존재하는 법이니까. 하니 가장 강한 사람도 없다. 그 위가 또 존재하는 법이니까.'

세상에서 제일 강한 사람이 누구냐고 물었던 세영에게 사부가 했던 말이다. 아직까지 사부가 했던 말들 중에 틀린 말은 없었.

그 말에 비추어 보면 결국 살막주의 말은 틀렸다.

추노꾼 백울 • 37

"모든 것을 다 뚫을 수 있는 무공은 존재하지 않아. 고로 누구든 죽일 수 있는 무예도 없다는 얘기지."

"하지만 세류살은……."

"아아, 너랑 무리에 대해 논쟁하자는 이야기는 아니야. 여하간 네가 보기엔 어때? 완성은 된 것 같아?"

"홈이 여섯 개. 아직 하나가 부족합니다."

"그럼 아직 완성 전이란 소린데, 그런 상태에서 왜 돌아온 거지?"

"자신이 있었을 수도……."

생경한 음성에 고개를 돌리니 입을 벌려 이야길 하고도 스스로 놀라서 자신의 입을 막고 있는 관화가 보였다.

그런 관화를 의미심장한 시선으로 바라보며 세영이 말했다.

"뭐, 그럴 수도 있겠지."

관화는 아차 싶은 표정으로 세영의 시선을 피했다.

❀   ❀   ❀

의원에서 치료를 끝낸 거패는 돌아오자마자 관화의 곁에 거머리처럼 달라붙었다.

그런 거패를 바라보며 뒤늦게 현장에 합류한 황렬이 말했다.

"저 자식, 장가보내야 하는 거 아니야?"

황렬의 말에 세영이 고개를 저었다.

"장가는 제 놈이 가야지, 남이 보내 주는 게 아니다."

자신은 물론이고, 막야까지 짝을 지워 준 세영의 입에서 나올 소리가 아니었기에 황렬은 의아한 시선으로 그를 바라보았다.

하지만 세영은 그 시선에 대해 가타부타 말이 없었다.

그런 세영에게 막야가 조심스럽게 물었다.

"어찌… 하실 생각이십니까?"

"놈이 또 올 거라고 생각해?"

"한 번도 실패해 본 적이 없는 작자입니다. 실패란 말을 용납하지 않을 거라고 했습니다."

"누가?"

세영의 물음에 뒷머리를 긁적거린 막야가 답했다.

"마, 막주가요."

살막주는 황렬이 오기 전에 돌아갔다. 환요랑인 것이 확실해진 이상 살막을 가다듬어야겠다면서…….

"머리 좋은 놈이 한 말이니 맞겠지."

"머리가 좋아? 누가?"

"이 자식 옛날 대장."

"누구, 그 얼굴 허연 새끼?"

황렬의 말에 세영은 피식 웃었고, 막야는 고깝다는 표정으로 황렬의 뒤통수를 노려보았다.

'앞에서는 눈도 제대로 못 마주치는 녀석이……'

세영의 생각을 접으며 포쾌들을 대동한 수부타이가 이화루로 들어섰다.

"어찌 된 일인가?"

누가 고해바쳤냐는 힐난의 시선에 수부타이의 주변에 있던 좌포청의 포쾌들이 한쪽을 바라보았다.

그들의 시선이 향한 곳에 낯익은 얼굴이 보였다.

"오랜만입니다."

세영의 인사를 받은 나 포두가 겸연쩍은 미소를 흘렸다.

"아하, 아하하! 오, 오랜만일세."

어줍지 않은 인사에 고개를 끄덕여 보인 세영은 수부타이에게 시선을 주었다.

"아직 확인 전이라 보고를 올리지 않았습니다."

"아직도 환요랑인지 아닌지 모른다는 소린가?"

"예."

세영의 답에 황렬과 막야가 의아한 표정을 지었지만 입 밖으로 의문을 드러내진 않았다.

그런 두 사람의 시선을 받으며 세영이 말을 이었다.

"일단 관화를 다시 노리긴 했습니다만, 그것만으로 환요랑이라는 단정은 내릴 수 없습니다."

"하면 도대체 어떤 놈이란 말인가?"

"내일까지 잡아들여 확인하겠습니다."

그 말에 수부타이가 놀란 표정을 지었다.

"정말 그럴 수 있겠나?"

"예, 포령."

확신에 찬 답에 수부타이의 표정이 밝아졌다.

"그럼 난 자네만 믿겠네."

"염려 마십시오."

세영의 배웅을 받으며 수부타이가 돌아가자 황렬이 물었다.

"방법이 있는 거야?"

"이제부터 찾아봐야지."

태평스런 말에 황렬과 막야가 걱정스런 표정을 지었다.

"이봐, 막 포쾌."

"예, 대인… 아니, 포교님."

"쯧, 포쾌가 된 게 벌써 얼만데 아직도 대인이야."

"그, 그게 입에 붙어서… 주의하겠습니다."

겸연쩍어하는 막야에게 세영이 말했다.

"개봉에서 추적술이 가장 좋은 놈이 누구냐?"

"추적술이요?"

"그래."

세영의 답에 한참 생각한 막야가 조심스럽게 답했다.

"일단 떠오르는 건 둘 정도입니다."

"그게 누군데?"

"우선 한 명은 포교님도 아는 사람입니다."

"내가 아는 사람?"

"예, 개방의 법개입죠. 걸개들의 죄를 캐고 벌을 주는 사람이다 보니 개방 고유의 추적술에 능한 것으로 압니다."

그라면 개방과 자신의 인연상 이번 일에 도움을 받을 수 있을 것이다.

"그럼 나머지 하난 누군데?"

"백울입니다."

"백울?"

"유명한 추노꾼입니다. 성격은 밥상 늦게 차려 왔다고 제 마누라도 두들겨 패는 개차반이지만, 추적술은 개봉만 아니라 하남 전역에 이름이 자자할 정도로 뛰어난 자입죠. 일신의 무공은 별 볼 일 없지만 추적술만큼은 최고 수준입니다."

"개방의 법개와 견주면?"

"법개의 무공 때문에 전체적인 추적 능력을 기준으로 둔다면 비슷하지만, 추적술로만 국한시킨다면 백울이 한 수 웝니다."

"그 자식, 지금 어디에 있지?"

"며칠 전에 추노행에서 돌아와 집에 있는 걸로 알고 있습니다."

막야의 답에 세영이 명했다.

"그 자식, 끌고 와."

그 말에 막야가 손을 내밀었다. 그 손을 내려다보며 세영이 물었다.

"뭐?"

"돈을 주셔야……."

"돈? 돈은 왜?"

"백울은 계약금이 없으면 움직이지 않기로 유명합니다."

막야의 답에 세영이 어이없는 표정을 지었다.

"너, 징발이라는 말은 들어 봤냐?"

"그야… 예."

불안하게 답하는 막야에게 세영이 말했다.

"그 자식, 징발해 와."

"사람도 징발이 됩니까?"

"안 된다는 법, 본 적 있냐?"

"그, 그건……."

막야는 답하지 못했다.

하지만 그렇다고 긍정은 아니다. 원래 사람을 강제로 동원하는 것은 징집이라는 다른 용어로 정의되어 있는 행위이기 때문이다.

그리고 그런 행위는 최소 부윤 정도의 직책에서나 가능한 일이었다.

"그러니 잔말 말고 갔다 와."

세영의 말에 막야가 조심스럽게 물었다.

"저기… 반항하면 어쩝니까?"

그 물음에 세영은 답하지 않았다. 대신 굳게 말아 쥔 주먹을 들어 보였을 뿐이다.

"가, 갑니다, 가요."

막야는 부리나케 달려갔다.

※   ※   ※

막야가 돌아온 것은 반 시진 후였다.

그렇게 돌아온 막야를 세영은 못마땅한 표정으로 바라보았다.

"뭐냐?"

세영의 눈이 자신이 끌고 온 사내에게 향해 있다는 걸 깨달은 막야가 그를 발치로 밀어내며 답했다.

"지, 징발물인데요."

"징발물인 건 알겠는데, 왜 상태가 이 모양이냔 말이다."

세영의 시선이 닿은 사내는 온통 깨지고 터지고 짓물러 있었다.

"그, 그게… 의사소통 과정에서 약간의 과격한 설명이… 헤헤헤."

헤프게 웃는 막야의 모습에 세영은 못마땅한 표정으로 혀를 찼다.

"쯧, 손버릇 하고는. 네가 추노꾼이라는 백가냐?"

세영의 물음에 얼마나 얻어터진 건지 백울은 잔뜩 기가 죽은 표정으로 답했다.

"네, 네, 대인."

"이곳에서 범죄자 한 놈이 도주했다. 쫓을 수 있겠냐?"

그 물음에 흘긋 막야의 눈치를 살핀 백울이 조심스럽게 답했다.

"도, 돈만 맞으면……."

"어이, 막야."

"예, 포교님."

"설명 제대로 안 했어? 어째 아직도 말귀를 못 알아듣냐?"

못마땅한 세영의 음성에 막야가 재빨리 답했다.

"설명을 아주 상세하게 다시 하겠습니다."

답을 한 막야가 험악한 표정으로 다가서자 백울이 황급히 세영의 다리를 부여잡았다.

"하, 합니다! 해야죠. 저도 관부의 일에 무조건 협조해야 한다고 생각합니다."

백울의 말에 세영이 손을 들어 막야를 막았다.

"확실한 거지? 협. 조."

"예?"

"뭐, 강제나 폭력, 이런 거 없이 순수한 협조, 맞냐고."

여전히 지척에 서서 주먹을 어루만지는 막야와 빙긋이 웃고 있는 세영을 번갈아 바라보던 백울이 고개를 끄덕였다.

"그, 그럼요. 화, 확실히 순수한 혀, 협조입니다."

"좋아. 우린 또 징발 이런 거보다 협조를 좋아하지. 그 협조, 시작하자."

그 말에도 불구하고 백울이 멀거니 앉아 있자 막야가 버럭 소리를 질렀다.

"뭐해! 추적 시작하라시잖냐!"

그제야 벌떡 자리에서 일어선 백울이 이곳저곳을 살피기 시작했다.

그렇게 한참을 살피던 백울이 울상이 되어 고개를 돌렸다.

"저기… 무림인인뎁쇼."

"알아."

세영의 답에 백울이 더 우울한 얼굴로 말했다.

"그것도 무지 센 무림인인뎁쇼."

"안다니까?"

무덤덤한 세영의 음성에 백울이 곧 죽을 것 같은 표정으로 조심스럽게 물었다.

"저… 위험… 하다는 생각은 안 해 보셨는지요?"

그 물음에 세영이 곁에 서 있던 황렬의 어깨를 짚었다. 키

차이 때문에 팔을 위로 잔뜩 치켜들어야 했지만 세영은 상관없다는 표정으로 말했다.

"이 친구 꽤 크지? 손도 무지막지하고? 이름도 꽤 유명해. 혹시 들어 봤나, 꿩마라고?"

세영의 입에서 나온 이름을 듣자 백울의 눈이 화등잔만 해졌다.

직업이 추노꾼이다. 도망친 노예를 잡으러 세상을 돌아다니는 직업을 가지다 보니 못 듣는 소문이 드물다.

그렇게 듣는 소문의 절반 이상이 강호 무림에 관한 것들이다. 그 속에서 꿩마의 소문은 꽤나 높은 수위를 가지고 있었다.

"저, 저, 정말로 괴, 꿩마 대협이십니까?"

"소문도 돌았을 텐데, 이 친구가 개봉 좌포청에 투신했다고 말이야."

"드, 듣긴 했습니다만……."

믿지 않았다.

자신만 아니라 세상 사람들 대부분이 믿지 않았다. 그 소문을 옮기는 사람을 허풍쟁이, 거짓말쟁이로 몰아붙일 정도로.

"그래, 바로 그 꿩마가 이 친구지."

놀라서 입만 벙긋거리는 백울에게 세영이 물었다.

"이제… 쫓아도 되겠지?"

세영의 물음에 멍하게 황렬을 바라보던 백울의 고개가 끄덕여졌다.

천하백대고수다. 이 중원 천하에서 싸움을 제일 잘하는 백 명 중에 한 명이란 소리다.

이곳에 흔적을 남긴 이가 얼마나 강할진 정확히 알 수 없지만 적어도 굉마보다 더 강할 것 같진 않았다.

결국 앞서서 나가는 백울을 세영과 황렬, 그리고 막야가 따랐다.

그들이 움직이는데도 거패는 돌아보지도 않았다. 마치 관화의 주변에서 시선을 놓치면 일이라도 생길 것처럼.

제42장
짝사랑의 끝

 백울은 세영과 황렬, 그리고 막야를 달고 무엇을 보는지 바닥을 살피고, 때론 바람의 방향을 재거나 주변 사람에게 무언가를 물으며 열심히 움직였다.

 묘한 건 그 움직임이 개봉을 벗어나지 않고 크게 변두리를 돌고 있다는 것이었다.

 그 중간쯤에서 세영이 일행을 멈춰 세웠다.

 "왜… 그러십니까요, 대인?"

 백울의 물음에 세영이 말했다.

 "어째 외곽으로 한 바퀴 도는 느낌이다만?"

 그 말에 자신이 이들을 이끌고 지나온 길을 떠올리던 백울이 고개를 끄덕였다.

"정말 그렇구만요."

그에 세영이 다시 물었다.

"여전히 흔적은 앞으로 가고?"

"그렇습니다."

백울의 답에 세영이 황렬을 돌아봤다.

"넌 이화루로 가라."

"놈이 그리로 돌아갈 거라고 생각해?"

"이대로면 크게 우회해서 다시 이화루로 갈 수밖에 없다."

세영에게 고개를 끄덕여 보인 황렬이 신형을 돌려 이화루로 달려갔다.

그렇게 황렬이 사라지자 백울이 걱정스럽게 물었다.

"우리도 돌아가얍죠?"

"돌아가? 왜?"

"굉마 대협도 안 계시고……."

걱정스러운 백울의 말을 더 이상 들을 것도 없다는 듯이 세영이 잘라 버렸다.

"계속 쫓아."

"하, 하지만……."

"막야!"

세영의 부름에 뒤에 서 있던 막야가 주먹을 불끈 쥐고 다가오자 백울은 황급히 걷기 시작했다.

"가, 갑니다요, 가요."

그 뒤를 세영과 막야가 따랐다.

그렇게 백울을 앞세운 세영이 추적을 재개할 때 이화루에선 일대 격전이 벌어졌다.

피릿-

날카로운 비도가 어느새 거패의 가슴을 깊이 가르고 지나갔다.

하지만 상대는 어디에 있는지 보이지도 않았다.

거기다 이쪽의 약점을 잡았는지 놈은 철저하게 관화만 노렸다.

놈을 잡아도 관화가 죽으면 아무 소용도 없다고 생각한 거패는 온몸을 던져 관화를 지키는 데 사력을 다했다.

당연히 공격은 줄다 못해 전무해지고 방어에만 내몰렸다. 그것도 내 몸이 아니라 타인의 몸을 지켜야 하니 움직임이 한 박자씩 늦었다.

그러다 보니 여기저기 상처는 늘어만 갔다.

스걱-

의원이 다시 다치면 왼팔을 영영 못쓸지도 모른다고 했던 어깨에서 피가 솟았다. 날카롭게 잘려 나간 붕대가 풀어지며 피가 주르륵 흘러내렸다.

그 상황에서도 거패는 관화의 앞을 벗어나지 않았다.

놈은 철저하게 거패를 무력화시키는 데 모든 역량을 집중했다.
 선불리 다가오지도 않았고, 모습을 드러내지도 않았다.
 철저히 모습을 숨긴 채 몇 개인지 모를 비도를 던져 내 거패의 상처만 착실하게 늘려 갔다.
 물론 비도가 노리는 표면적인 목표는 거패가 아니었다.
 하지만 거패가 몸으로 막지 않고선 도저히 제지할 수 없는 방향에서 관화를 향해 비도가 날아드니 결국 최종적인 목표는 거패인 셈이었다.
 그걸 알면서도 거패는 관화의 앞을 떠날 수 없었다.
 그녀의 곁에서 멀어지는 순간이 관화의 숨이 끊어지는 때라는 걸 잘 알기 때문이었다.
 피륙-
 느닷없이 사각에서 솟은 비도가 관화의 옆구리 쪽으로 날아들었다.
 팔과 몸 모두 뒤로 쏠린 거패가 할 수 있는 것은 급한 대로 다리 한 짝을 밀어 넣는 것이었다.
 푹-
 섬뜩한 음향과 함께 비도가 오금에 틀어박혔다.
 문제는 그렇게 파고든 비도가 오금 뒤쪽의 근육을 잘라냈다는 것이었다.
 툭-

힘없이 꺾인 오른 다리가 접혔다. 근육이 끊어지며 무게를 지탱할 힘을 상실한 까닭이다.

 그렇게 거패의 행동을 묶은 환요랑의 비도가 동시에 여덟 곳에서 솟구쳤다.

 비록 한쪽 다리에 큰 부상을 입었다지만 백대고수에 필적하는 능력을 가진 거패였다. 피하고자 마음만 먹는다면 못 피할 것도 없었다.

 물론 거패가 피함으로써 관화는 그 여섯 비도를 고스란히 뒤집어써야 하겠지만.

 그걸 아는 거패는 결국 이를 악물고 상체를 꼿꼿이 세웠다. 단 하나의 비수도 뒤로 흘려보내지 않겠다는 듯이.

 쾅-!
 벽이 터져 나가며 황렬이 들이닥친 것은 바로 그때였다.
 쉬리릭-
 커다란 그의 체구가 바람개비처럼 빨리 움직였지만 잡아챈 것은 6개뿐이다.

 놓친 2개가 거패의 허벅지와 옆구리에 깊게 틀어박혔다.
 "흡!"
 거패의 신음에 황렬이 고개를 돌리는 사이 그의 머리 위에서 칼날이 떨어져 내렸다.

 시야가 흐트러진 틈을 파고드는 날카로운 공격이었다. 당한 걸 알고 다급히 비켜서긴 했지만 황렬은 어깨에서 피가 솟는 것은 막지 못했다.

"이런 개자식!"

쾅-!

분노한 황렬의 권격이 이화루의 한쪽 벽면을 통째로 날려 버렸다.

우지끈-

건물을 떠받치는 벽면 중 하나가 완전히 날아가고 여기저기 구멍이 뚫리면서 하중을 이기지 못한 건물이 비명을 질렀다.

놀란 위층의 손님들이 쏟아져 내려오면서 혼란은 더 심해졌다. 그 안에서 검게 칠해진 비도가 솟아올랐다.

"꺄악-"

관화의 비명과 동시에 움직인 거패가 바닥에서 위로 솟구치는 비도를 맨손으로 잡았다.

주르륵-

피가 흘러 바닥을 적신다. 그것을 신호 삼았던지 짧고 강력한 소음이 1층을 채웠다.

빡-

뭔가 터졌다는 느낌과 함께 새카만 것이 허공을 덮었다.

'우모침!'

새카만 것의 정체를 알아차린 황렬의 눈이 커졌다.

사천당가의 비전 암기가 왜 이곳에서 등장했는지 따윈 지금 중요한 것이 아니었다.

1층으로 쏟아져 나온 손님들이 모조리 그 우모침의 사정권 안에 들어 있다는 것이 문제였던 것이다.

"이익!"

이를 악문 거패의 신형이 앞으로 치달렸다.

퍽-

개중 도주하던 손님 하나가 황렬과 부딪쳐 튕겨 날아갔지만 그걸 잡아 줄 시간 따윈 없었다.

콰직.

달려가는 도중에 부서진 탁자를 차올렸다.

'빌어먹을!'

너무 세게 차올렸던지 반쪽으로 쪼개진 탁자의 윗면만 솟구쳤다. 급한 대로 그것을 받아 든 황렬이 자신의 앞에 그 탁자를 세웠다.

파바바바바바박-

콩 볶는 듯한 소음이 쏟아지며 우모침이 탁자를 두드렸다.

"흠……."

반쪽뿐인 탁자가 작다 싶더니 황렬의 몸 절반을 우모침이 새카맣게 뒤덮었다.

콰당탕-

우모침이 잔뜩 박힌 탁자를 내팽개친 황렬이 우모침을 쏘느라 드러난 상대를 향해 미친 황소처럼 저돌적으로 달려들었다.

하지만…

비척-

두 걸음 만에 휘청인 황렬의 신형이 기우뚱하더니 그대로 모로 쓰러졌다.

바닥에 떨어진 우모침의 끝이 녹색으로 반들거리는 것을 바라보는 황렬의 눈빛이 검게 죽었다.

'빌어먹을… 이연…….'

혼례를 올린 지 몇 달 되지도 않은 아내의 이름을 떠올리던 그의 의식이 끊어졌다.

바닥에 널브러진 황렬과 몇 자루의 비도를 몸에 박아 넣은 채 제대로 서 있지도 못하는 거패를 일별한 일중이 비릿한 미소를 그리며 천천히 다가왔다.

그를 바라보던 관화가 놀랍도록 담담한 음성을 흘렸다.

"용케도 굉마를 뚫어 냈군요."

"굉마? 누가 굉마지? 설마 그대 앞에서 무릎 꿇고 있는 그 멍청이?"

일중의 이죽거림에 거패의 눈에서 불길이 확 일어났지만 그뿐이다. 만신창이가 된 그는 움직이지 못했다.

잘려 나간 근육 때문에 펴지지 않는 오른 다리도 문제지만, 사혈 바로 옆에 틀어박힌 옆구리의 비도가 움직이려 들 때마다 자지러지는 고통을 뿌려 댔다.
그런 거패를 일별한 관화가 고개를 저었다.
"아니요."
"그럼… 설마?"
바닥에 나동그라진 황렬을 바라보는 일중에게 관화가 답했다.
"맞아요, 그가 바로 굉마죠."
"맙소사! 마도의 살육자가 양민을 구한답시고 위험에 뛰어들었다고? 아니, 왜?"
"그건 저도 모르죠. 그나저나 절 노린 건가요?"
"한번 정한 목표는 놓쳐 본 적이 없어서."
일중의 말에 관화가 작게 웃었다.
"하긴 환요랑이 목표를 놓쳤다는 말은 못 들었으니까요."
"날 아는군. 한데도 담담하다는 건… 역시 평범한 여인은 아니라는 건가?"
"일단 제 소개를 하죠. 전…….."
관화의 말이 이어지기 직전 무언가가 벼락처럼 날아들었다.
빡-
붕 뜬 환요랑의 몸뚱이가 거패의 코앞에 엎어졌다.
갑작스런 상황에 놀란 건 거패도, 관화도 마찬가지다. 그런 두 사람의 시선으로 세영이 천천히 들어서는 것이 보였다.

"정말 대단하십니다, 대인!"

막야와 함께 허겁지겁 뒤따라 들어서던 백울이 엄지손가락을 추켜세웠다.

거의 50여 장 밖에서 날린 돌멩이가 정확히 일중의 뒤통수를 가격했기 때문이다.

대자로 널브러진 일중을 발로 툭툭 건드려 본 세영이 뺨을 긁적였다.

"죽었나?"

세영의 말에 막야가 황급히 목에 손을 대더니 고개를 저었다.

"아직 살아 있습니다."

"대가리 깨진 건?"

돌에 맞아 깨진 뒤통수를 살피던 막야가 어깨를 으쓱여 보였다.

"그렇게 상처가 큰 것 같진 않지만… 일단 깨어나 봐야 알 수 있지 않을까요?"

얻어맞은 곳이 머리이기 때문이다.

더구나 몸이 날아갈 지경으로 강하게 맞았다. 재수가 없다면 백치가 되거나 저대로 영영 깨어나지 못할 수도 있었다.

막야의 말에 가람검의 수법으로 일중의 혈을 짚은 세영이 명했다.

"일단 놈을 좌포청으로 압송해."

"예, 포교님."

"근데 얘는 왜 여기서 엎어져 자고 있는 거야?"

황렬을 바라보며 묻는 세영에게 거패가 황급히 답했다.

"독입니다!"

"독?"

"예, 빨리 제거하지 않으면 위험할 겁니다."

거패의 말에 막야가 포승줄로 묶던 일중의 품을 뒤지기 시작했다.

"뭐해?"

"독을 썼다면 해독제를 가지고 있을 겁니다. 해독제도 가지지 않은 상태로 독을 만진다는 건 있을 수 없으니까요."

그 말에 세영이 잠시 기다리자 막야가 4개의 병을 꺼내들고 곤혹스러운 표정을 지었다.

"품에 있는 건 이게 다인데… 어떤 게 해독약인지 모르겠습니다."

"일단 열어 봐."

세영의 말에 뚜껑을 열자 백울이 황급히 소리쳤다.

"다, 닫으십시오! 촌음몽입니다."

백울의 말을 듣자마자 숨을 참고 뚜껑을 닫았지만 늦어

버린 모양이다.

눈이 풀린 막야가 고스란히 넘어갔다.

털썩-

맥없이 쓰러진 막야를 바라보며 놀란 세영이 촌음몽이 담긴 병을 조심스럽게 들었다.

"독한 놈일세."

"촌음만 노출되어도 꿈나라로 직행한다는 지독한 미혼약입지요."

"그래……."

고개를 끄덕이던 세영은 무슨 생각인지 그 병을 자신의 품에 갈무리했다.

"그럼 이제 세 병 남은 건가?"

그 말을 던져 놓고 세영이 백울을 바라봤다.

시선의 의미를 알아차린 백울이 울상을 지으며 또 다른 병의 뚜껑을 열었다.

최대한 손을 멀리 뻗어 뚜껑을 열고 고개를 돌리고 있는 백울에게 세영이 물었다.

"그래서 뭔지 어떻게 알아."

"그, 그래도……."

"미혼약에 취해 쓰러지는 게 맞아서 쓰러지는 것보다 낫지 않을까?"

세영의 말이 끝나기 무섭게 백울이 병 안을 들여다보았

다. 그런 그의 시선엔 병 안을 반쯤 채운 하얀색 가루가 보였다.

쿵쿵.

병 입구에 코를 대고 한참 쿵쿵거리던 백울이 놀랍다는 표정을 지었다.

"이거… 양귀비 가루인데요."

"양귀비 가루면… 마약?"

"예. 보통은 진액을 많이 쓰는데… 이렇게 가루로 만드는 건 어렵지요. 아마 부르는 게 값일 겁니다요."

백울의 눈에 탐욕이 차오르는 것을 본 세영이 그 병을 낚아챘다.

"이거 불에도 붙나?"

"그, 그렇긴 합니다만……."

말이 끝나기 무섭게 세영의 손에서 불길이 타올랐다. 자연지기에서 불의 기운만 북돋우면 되는 간단한 동작이었다.

하지만 그걸 바라보는 이들의 입장에서는 그렇게 간단하지만은 않았다.

"사, 삼매진화(三昧眞火)!"

놀라는 관화의 음성에 거패의 눈도 휘둥그레졌다.

삼매진화를 쓰자면 적어도 초극의 경지엔 도달해야 한다. 그 경지에 도달한 고수가 몇이나 될까? 스물? 서른? 아무리 많아도 쉰 명 안쪽이다.

 기존에 알려져 있던 경지보다 훨씬 뛰어난 능력을 보이는 세영의 모습에 관화와 거패는 경악에 휩싸였다.

 하지만 그들과 상관없이 백울은 그저 불타오르는 양귀비 가루가 아깝기만 했던 모양이다. 발을 동동 구르며 '어구, 저 아까운 거!'만 반복하고 있었으니까.

 양귀비 가루를 소거시킨 세영이 나머지 병 2개를 가리켰다.

 "어떤 거부터 딸래?"

 이제 2병 남았다. 하나는 독이고 하나는 해독제이리라.

 재수 없이 독부터 뚜껑을 연다면… 두려운 시선으로 자신을 바라보는 백울에게 세영이 말했다.

 "그래도 해독제가 있으니 죽진 않을 거다."

 틀린 말은 아니다. 대신 그동안 고통은 겪겠지만.

 조심스럽게 병을 선택한 백울이 뚜껑을 열었다. 일단 무취다.

 잔뜩 얼어 고개를 돌렸던 배울이 조심스럽게 고개를 돌려 병 안을 바라보았다.

 '무색?'

 투명하다. 마치 맑은 물처럼.

 "맑은데요."

 백울의 말에 세영이 물었다.

"독이 그렇게 맑을 수도 있나?"

"아마 없을 걸요."

백울의 답에 세영이 쓰러진 황렬을 가리켰다.

"일으켜."

세영의 명에 백울이 재빨리 황렬에게 다가가 바동거리며 그의 상체를 반쯤 일으켜 세웠다.

그런 황렬의 입을 벌리고 세영이 약병을 기울였다.

벌컥-

"에고!"

병에 든 액체는 물처럼 생긴 것과 달리 점도가 있었다. 그 탓에 잘 나오지 않아 많이 기울였더니 한꺼번에 쏟아져 버렸다.

황급히 병을 세웠지만 반은 이미 황렬의 입안으로 사라진 뒤였다.

'뭐, 해독약 많이 먹었다고 이상이 생기진 않겠지.'

편하게 생각하는 세영의 시선에 부르르 떨리는 황렬의 눈꺼풀이 보였다.

"오~ 약발 죽이는데?"

세영의 말이 끝나기 무섭게 황렬의 눈이 뜨였다. 그런 그에게 세영이 웃어 보였다.

"정신이 드냐? 내가 약을 좀 먹였다. 어때, 거뜬……."

말이 중간에 잘려 나갔다. 황렬이 부들거리는 손으로 세영의 멱살을 움켜쥐었기 때문이다.

그리고…

"커헉-!"

황렬이 장쾌하게 피를 뿜었다.

"도, 도, 독… 왜……?"

원망 어린 그의 음성과 눈빛에 상황이 어찌 된 것인지 알아차린 세영이 황급히 남아 있던 마지막 약병의 뚜껑을 따서 황렬의 입에 모조리 부어 버렸다.

잠시 후, 세영의 멱살을 움켜쥐고 바들바들 떨던 황렬의 표정이 편안해졌다.

극심한 고통이 사라진 까닭인지 축 늘어져 정신을 잃은 황렬을 세영이 바닥에 내려놓았다.

"좀 자게 두자."

죽을 고비를 넘긴 황렬을 마치 감기 환자라도 되는 양 취급한 세영의 시선이 이제야 거패에게 향했다.

"장신구가… 좀 파격적이다?"

세영의 말에 거패는 웃지 못했다. 웃으려 배에 힘을 조금만 주어도 강렬한 고통이 번져 왔기 때문이다.

그런 거패에게 다가선 세영이 차례차례 비도를 빼냈다. 물론 그때마다 전광석화같이 혈을 짚어 출혈을 막았다.

비로소 자리에 주저앉은 거패에게 세영이 말했다.

"찔리고 찢어진 곳이야 대충 약초나 좀 바르고 운기나 하면 낫겠다만… 오금은 의원에게 보여야 할 거다."

그 말에 거패가 고개를 끄덕였다.

"그래야 할 듯싶습니다."

말을 마치고 고개를 돌리던 거패의 눈에 의아함이 들어섰다.

"과, 관화는……?"

"좀 아까 나가더라."

"나가… 요? 어디로?"

"그거야 모르지. 제 집으로 간 건지, 아니면 도주한 건지……"

무엇을 아는 것인지, 아니면 그냥 넘겨짚는 것인지 세영은 관화가 자리를 비운 것을 마치 떠난 것처럼 말하고 있었다.

"서, 설마 어디로 떠난 건 아니겠죠?"

황급히 일어서려 애를 쓰는 거패에게 세영이 핀잔을 주었다.

"잊어. 원래 너한텐 관심도 없던 여자다."

"하, 하지만……"

"짝사랑은 해도, 미련하진 말아라."

세영의 말에 거패는 당황과 포기가 마구 뒤엉킨 표정으로 주저앉았다.

❈   ❈   ❈

 수부타이와 포장, 거기다 우포청의 포령과 개봉부윤까지 개봉부 관아의 수장들이 모조리 좌포청의 취조실에 모였다.
 그들이 바라보는 곳엔 일중이 매달려 있었다.
 "그렇게 흉악해 보이진 않는데?"
 포장의 말에 다른 이들의 고개가 끄덕여졌다.
 "근데… 왜 아직 정신을 차리지 못하는 건가?"
 수부타이의 물음에 세영이 뺨을 긁적였다.
 "제압 과정에서 약간의 부상을 입었습니다."
 "부상? 어디에?"
 외견상 다친 곳을 발견할 수 없었기에 수부타이가 어리둥절한 얼굴로 물었다.
 "뒤통수에……."
 "뒤통수면… 머리!"
 "예."
 "설마 못 깨어나거나 그런 건 아니겠지?"
 걱정스런 물음에 포장과 다른 관원들이 술렁거렸다.
 깨어나서 자백을 해야 개봉에서 환요랑을 잡아들였다는 공식 장계를 올릴 수 있다.
 그리되면 적어도 이들 중 한둘은 그 공을 인정받아 승차의 기회를 맞을 수 있을 것이다.

하지만 깨어나지 못한다면?

"이자가 환요랑이라는 증거는 있는 겐가?"

포장의 물음에 사람들의 시선이 몰렸다. 증거만 있다면 이따위 범죄자 죽어 버려도 그만이다.

"그게… 없습니다."

세영의 답이 나오기 무섭게 포장이 소리쳤다.

"의원! 의원을 대령하라!"

꼭 승차하여 다시 만인장으로 돌아가고픈 구부르타의 목소리가 취조실을 떨어 울렸다.

포장의 간절한 마음 때문인지, 아니면 불려 온 의원의 실력 덕인지 일중이 눈을 떴다.

"끄응……."

신음을 흘리는 일중에게 포장이 물었다.

"정신이 드느냐?"

긴장된 포장의 음성에 그를 잠시 바라보던 일중이 천천히 주변을 둘러보았다.

그리고…

"빌어먹을, 잡힌 건가!"

"그렇지, 잡힌 거다. 네놈이 이제 정신이 드는 모양이로구나. 그래, 네가 환요랑이렷다?"

짝사랑의 끝 • 69

포장의 물음에 일중의 눈에 당황이 들어섰다.
하지만 그 당황은 떠오르는 것 보다 빨리 사라졌다.
"아, 아니다!"
"아니라고? 이놈! 어디서 거짓을! 썩 실토하지 못할까?"
"아니라는데도!"
"이, 이익! 사실대로 고하지 않으면 네놈의 뼈를 자근자근 부서트려서라도 자백을 받아 낼 것이다. 하니 썩 고하라!"

계속된 포장의 으름장에도 불구하고 일중은 고개를 저었다.
"난 환요랑이 아니다."
버티는 것이 뻔히 보이니 포장도 화가 치밀 수밖에 없었다.

결국 분노로 벌겋게 달아오른 포장의 시선이 세영에게 향했다.
"뭣하는가? 저놈을 속히 고문하지 않고!"
"고문… 이요?"
"그러하다. 뼈란 뼈를 모조리 바수는 한이 있어도 반드시 자백을 받아 내라!"

분노를 마구 뿌리던 포장이 거칠게 취조실을 나가자 나머지 사람들도 그 뒤를 따라 취조실을 벗어났다.
마지막까지 남아 있던 수부타이가 세영을 바라보았다.

"포장께서 거는 기대가 크네. 하니 반드시 자백을 받아내게."

수부타이의 말에 세영은 고개를 끄덕여 보일 수밖에 없었다.

"알겠습니다."

세영의 답을 뒤로하고 수부타이가 취조실을 나가자 이축이 다가왔다.

"시작… 할까요?"

이축의 말에 세영이 고개를 저었다.

"잠시 기다려 봐."

이유를 몰라 고개를 갸웃거리는 이축의 시선으로 막 포쾌를 앞세우고 취조실로 들어서는 이들이 보였다.

"긴 시간은 못 줘."

세영의 말에 살막주는 공손히 고개를 조아렸다.

그에 세영이 이축을 데리고 뒤로 물러나자 1호, 살막주의 처가 앞으로 나섰다.

"수련이 숙부를 뵈어요."

고개를 숙이는 1호, 손수련을 놀란 눈으로 내려다보던 일중이 당황한 음성을 토했다.

"네, 네가 수련이라고? 혀, 형님의 하나뿐인 딸 수련?"

"예, 숙부."

수련의 답에 일중은 혼란스런 표정이었다. 하지만 그것도 잠시, 이내 표정을 굳힌 일중이 크게 웃었다.

"푸하하하! 내게 자백을 받아 내려 한 노력은 가상하다만 우리 수련인 저리 크지 않아! 이제 겨우 열 셋이란 말이다."

"무슨 소리예요, 숙부. 저예요, 수련. 삼촌께서 매일 석류 훔쳐다 주셨던 그 수련이라고요."

"네 이년! 어디서 알아낸 정보인 줄은 모르겠다만 감히 누구 행세를 하려 드느냐! 행여나 내 조카에게 손을 댄다면 결단코 용서치 않을 것이다!"

천장에 매달린 상황에서도 시퍼렇게 귀화를 일으키며 호통을 치는 그의 모습은 꽤나 위협적이었다.

그런 일중에게 수련이 구슬픈 음성으로 말했다.

"숙부, 이젠 저까지 알은 체를 안 하실 작정이세요? 왜 그래요, 정말!"

"네 이년! 네년이 계속 그리 말한다고 내가 속을 줄 알았다면 큰 오산이니라. 푸하하하! 어디서 닮긴 닮은 년을 데려왔다만, 폭삭 늙은 것이 어딜 감히 우리 수련이와… 썩 물러가라!"

일중의 호통에 수련은 화를 내긴 커녕 의아한 표정으로 고개를 갸웃거렸다. 무언가 이상하다는 것을 느낀 것이다.

그건 뒤에서 상황을 지켜보던 세영도 마찬가지였다.

"수련이가 몇 살이라고?"

끼어드는 세영의 물음에 일중이 답했다.

"열셋이란 말이다 열셋! 한데 어디서 저런 늙은 암컷을 데려다… 크하하하!"

뭐가 그리 좋은지 박장대소를 터트리는 일중에게서 시선을 돌린 세영이 수련에게 물었다.

"제수씨, 올해 나이가 어찌 되쇼?"

세영의 물음에 손수련이 볼을 발갛게 물들이며 답했다.

"서른… 다섯입니다."

"서른다섯이라… 저 자식 주장대로라면 이십이 년이 비는 거네."

세영의 말뜻을 알아들은 손수련과 살막주의 표정에 경악이 들어섰다.

"서, 설마?"

살막주의 물음에 세영이 어깨를 으쓱여 보였다.

"고의적인 작전이든 진실이든, 지금 저 자식은 이십이 년 전의 기억만 있다고 주장하고 있는 셈인 거지."

"그, 그럼 그걸 어찌 확인하죠?"

손수련의 물음에 세영이 이축을 불렀다.

"이축."

"예, 포교님."

"가서 의원 좀 오라 그래."

"예, 포교님."

이축이 달려 나가고 이각 후, 눈에 익은 의원이 침구(鍼灸)와 약간의 약이 든 보따리를 들고 취조실로 들어섰다.
"찾으셨습니까요, 대인?"
"어서 와. 이야기를 들었을진 모르겠는데, 이 자식이 기억을 잃었다고 주장하는데."
세영이 의원과 나누는 대화를 일중은 유심히 바라보았다. 무언가 자신의 생각과는 다른 일이 벌어지고 있다는 느낌 때문이었다.
세영의 말에 천장에 달아매진 일중을 바라보며 의원이 난감하게 웃었다.
"저기… 이렇게는 환자를 보기가 어렵습니다."
의원의 말에 세영이 이축을 바라봤다. 그 시선에 이축이 재빨리 일중을 내렸다.
"끄응……."
바닥에 발이 닿자 일중이 신음을 토했다. 늘어났던 근육들이 한꺼번에 수축한 까닭이다.
그런 일중을 의원이 살폈다. 머리의 상처도 다시 살피고, 진맥도 보고, 몇 가지 물은 뒤 눈을 까뒤집어 보기도 했다. 그리고 내린 결론은 꽤나 인상적인 것이었다.
"기억상실 같습니다."
"기억상실?"
세영의 반문에 의원이 고개를 끄덕였다.

"머리에 가해진 충격이 머릿속의 뇌를 흔들어 놓거나 일정 부분을 망가트릴 경우 발생합니다."

"대충 무슨 이야기인 줄은 알겠는데, 그럼 사라진 기억이 아예 안 돌아오는 건가?"

"돌아오는 경우도 있고, 그렇지 않은 경우도 있습죠. 돌아온다고 해도 며칠 후에 돌아올지, 몇 년, 심하게는 몇십 년 후에 돌아올지조차 가늠할 수 없습니다요."

"저 자식… 구라 치는 건 아니고?"

"답할 때 눈동자의 반응이나 맥의 세기로 보아서 거짓 같지는 않습니다. 물론 그것으로 십 할 모두 진실이라 판명할 순 없겠습니다만……."

"그럼 구란지 아닌지 모른다는 소리네?"

"송구합니다."

고개를 조아리는 의원을 바라보며 세영은 난감한 표정을 지었다. 그러다 무언가 생각났다는 듯이 물었다.

"혹 머리에 다시 충격이 가해지면 기억나기도 하나?"

"간혹 그런 경우가 있긴 하다는 소리는 들었습니다만……."

"그렇단 말이지."

중얼거리며 근처에 놓여 있던 쇠몽둥이를 집어 드는 세영을 확인한 의원이 재빨리 말을 이었다.

"아예 백치가 되는 경우도 있으니 하지 않으시는 것이 좋을 듯합니다."

"백치?"

"예, 백치. 속되게는 바보라고도 하지요."

"흠… 바보라……."

바보가 된 환요랑을 포장을 비롯한 윗사람들은 그다지 좋아하지 않을 듯했다.

"뭐, 그렇다면야 아쉽지만……."

정말로 아쉬운 표정으로 쇠몽둥이를 내려놓는 세영의 모습에 의원뿐만이 아니라 잔뜩 얼어 있던 일중마저 안도의 한숨을 내쉬었다.

그런 일중을 바라보며 피식 웃은 세영이 의원에게 물었다.

"그럼 다른 방법은 없나?"

"머리가 맑아지는 약을 써 보긴 하겠습니다만… 그다지 효험을 기대하긴 어렵습니다."

"왜?"

"기억이 나는 걸 돕기는 하겠지만 그게 결정적인 역할을 하는 것은 아니라서요."

"그것참……."

결국 만족할 만한 답을 얻지 못한 세영은 그대로 의원을 돌려보냈다.

그렇게 세영이 손을 든 일중에게 손수련과 살막주가 기억하지 못한다는 이십이 년의 세월을 이야기로 들려주고 있었다.
물론 일중의 출생에 관한 비밀은 모조리 숨긴 채.

제43장
과거를 버리다

세영의 보고를 받는 포장의 표정은 흉신악살이 따로 없었다.
"해서, 자백을 받지 못했다?"
"송구… 합니다."
"이런!"
서탁을 강하게 내려치는 포장의 서슬에 눌린 수부타이가 서둘러 세영에게 물었다.
"전혀 방법이 없다는 겐가?"
"좌포청과 계약된 의원 말고도 실력 좋다고 소문난 의원을 셋씩이나 더 불러 봤지만 모두 같은 답이었습니다."
"이런 낭패가 있나!"

수부타이가 포장의 눈치를 보며 중얼거리자 우포청의 포령이 나섰다.

"저희 우포청에 맡겨 주시지요. 거짓이든 진실이든 입을 열어 보겠습니다."

"정말 할 수 있겠는가?"

"맡겨 주십시오."

우포청 포령의 답에 포장의 시선이 수부타이에게 향했다.

"우포청으로 죄인의 신병을 인계하게."

"하, 하지만 포장……."

"관할권 운운하려거든 입조차 떼지 말게."

"포, 포장……."

어쩔 줄 몰라 하는 수부타이를 두고 포장이 벌떡 일어섰다.

"즉시 처리하게."

그 말 하나로 일중의 신병이 좌포청에서 우포청으로 넘어가 버렸다.

우포청의 포교와 포쾌들에게 둘러싸여 이송되는 일중을 바라보며 이축이 중얼거렸다.

"괜찮을까요?"

"뭐가?"

"그래도 명색이 무림인인데……."

"우포청 애들이 알아서 하겠지."

무책임한 말을 남기고 자신의 집무실로 들어가는 세영을 이축은 걱정스럽게 바라봤다.

이축이 이렇게 걱정하는 이유는 한 가지였다.

죄인을 넘겨줄 때 세영이 제압해 두고 있던 혈도를 풀어 줬기 때문이다.

물론 혈도 제압 등에 대한 지식이 없던 우포청 관원들은 죄인을 쇠줄로 꽁꽁 묶어 데려갔다.

하지만 이축이 아는 한 그따위 쇠줄로 묶어 둘 수 없는 것이 바로 무림인들이다.

이축의 걱정스런 시선을 받으며 집무실로 들어선 세영을 살막주가 기다리고 있었다.

"이젠 아주 여기가 네 방 같다."

"송구합니다."

"그놈의 송구는… 그나저나 또 왜?"

"이제 어쩌실 생각이십니까?"

"뭘?"

"환요랑… 일중 처숙부 말입니다."

"내 손을 떠난 일이야. 구워 먹든 삶아 먹든 우포청이 알아서 하겠지."

세영의 말에 살막주가 고개를 저었다.

"그런 분이 혈도를 풀어서 보내시진 않았을 것 아닙니까?"

"봤냐?"

"예."

삭막주의 답에 세영이 겸연쩍은 표정으로 답했다.

"뭐, 봤다니까 말이다만… 이제 그 자식 말이 사실인지 아닌지 알 수 있겠지."

"어찌 말입니까?"

"정말로 기억을 잃었다면 살막으로 돌아갈 거다."

22년 전의 기억만 남았다면 세영의 말대로 그는 살막으로 돌아올 것이다. 그의 집이 바로 살막이니까.

하지만…

"아니라면요?"

"그래도 살막으로 갈걸? 물론 좋은 의도를 가지고 돌아가는 건 아니겠지만."

복수. 그가 떠나며 남겨 두었던 서찰대로 복수를 위해 돌아올 것이다.

애초에 그가 개봉에 들어섰던 이유가 그것이므로…….

"그, 그럼 큰일이 아닙니까!"

"왜?"

"살막은 그를 막을 만한 능력을 가지고 있지 못합니다."

"참 자랑스러우시겠습니다."

"대인!"

"아아, 알았어, 알았다고. 그래서 내가 지켜볼 요량이야."

"어디를… 저희 살막을요?"

"거기 지켜 앉았다가 엉뚱한 데로 튀면?"

"그럼 어디를?"

"우포청이지. 놈이 도주하면 그 뒤를 밟아 목적지를 알 수 있을 테고, 또 무얼 하려는지도 알 수 있을 테니까."

세영의 답에 살막주가 조심스럽게 말했다.

"그는 최고의 자객입니다."

"알아."

"은신술도 뛰어납니다."

"뭐, 그럭저럭."

"그걸 쫓으실 수 있는 겁니까?"

"대충은."

세영의 답에 살막주가 불안하게 물었다.

"그러다 놓치시면요?"

"운이 없는 거지, 뭐."

"그 대가로 살막이 피에 잠겨도요?"

"아주 크게 운이 없었던 거지, 너희가."

"대인!"

버럭 소리를 지르는 살막주에게 세영이 귀를 후비며 말했다.

"귀청 떨어지겠다. 걱정하지 마. 놓치지 않을 테니."

"정말이십니까?"

"그래."

세영의 답에 살막주는 불안해하면서도 더 이상 묻지 않았다.

가벼워 보여도 그의 말 한마디, 한마디가 소용없이 내뱉어진 적이 없다는 걸 그간의 경험으로 알기 때문이었다.

그렇게 살막주가 물러간 직후, 세영은 좌포청에서 모습을 감췄다.

조금 뒤, 세영의 모습이 드러난 것은 우포청 관아의 지붕 위였다.

"저기가 뇌옥이라고 했지?"

이축이 설명했던 우포청 관아의 배치도를 떠올리며 세영이 지그시 뇌옥을 바라보았다.

그렇게 세영의 시선을 받는 뇌옥에선 지금 사달이 벌어지고 있었다.

고문을 담당한 자를 포함해 취조실에 들어와 있던 포쾌넷을 일시에 제압한 일중이 고양이처럼 사뿐히 내려서 주위를 둘러보았다.

다행히 취조실은 뇌옥 끝에 별도의 방으로 나뉘어 있는 덕에 그의 움직임을 알아차린 이들은 더 이상 없었다.

"어찌 된 일인지 모르겠군."

중얼거림처럼 그는 정말 어찌 된 일인지 몰랐다.

마치 아교에 달라붙은 것처럼 꼼짝도 않던 내력이 방금 전부터 움직이기 시작한 것이다.

 하긴 혈도는 허용 시간 이상이 지나면 자연스럽게 풀린다. 그러니 혈도를 제압해 놓자면 규칙적으로 다시 혈을 눌러놓는 세심함이 필요했다.

 그렇게 보면 제대로 된 관리법을 모르는 관인들이 실수했을 수도 있었다. 더구나 자신을 쇠줄로 묶어 놓은 것을 보면 그 가능성은 더 커진다.

 여하간 그런 걸로 시간을 죽이고 있을 여유 따윈 없었다. 적어도 이곳은 여전히 자신의 신분을 밝히려 혈안인 포청의 관아였으니까.

 사사삭-

 일중은 주변을 재빨리 훑었다.

 입구 쪽은 포기했다. 길게 자리 잡은 뇌옥을 통과해 나가는 사이 다수의 관원들과 마주쳐야 하기 때문이다.

 그렇다면…

 툭툭, 툭툭.

 입구 쪽이 아닌 다른 삼면의 벽을 쳐 본 일중의 표정이 좋지 못했다.

 돌아오는 소리의 반향이 묵직한 탓이다.

 이 정도의 묵직함이라면 나무가 아니라 돌로 막혀 있다는 뜻이었다.

"뇌옥이라고 신경을 쓴 모양이로군."

홀로 중얼거리던 일중의 신형이 한 곳에서 멈췄다.

톡톡, 톡톡.

반향이 가볍다. 벽에 귀를 대본 일중의 얼굴이 밝아졌다.

"바람 소리다."

그 말은 벽이 곧바로 밖으로 통한다는 뜻이다.

그것도 얇은 나무 벽 너머로. 곧바로 기감을 돌려 주변을 살핀 일중의 신형이 벽을 들이받았다.

우자작-

나무 벽이 힘없이 뚫리며 일중이 튀어나왔다.

공사를 위해 돌벽을 약간 뜯어 놓은 곳을 통해 몸을 빼낸 일중은 그길로 우포청을 벗어났다. 그런 그를 발견한 우포청의 관인은 아무도 없었다.

그렇게 희희낙락하며 벗어나는 일중은, 그러나 꿈에도 몰랐다. 자신의 뒤에 꼬리가 붙었다는 것을.

❀   ❀   ❀

웃는 낯으로 들어서는 일중을 살막 사람들은 당황과 긴장, 그리고 불안 속에 맞았다.

이미 막주로부터 일어날 수 있는 일들의 가능성에 대해 통보를 받은 상태였지만, 살막 사람들은 당황감을 좀처럼 추스르지 못했다.

특히 일중과 비슷한 시기에 활동했던 은퇴 자객들의 긴장도는 여타 살막 사람들보다 월등히 높았다.

"자네, 왜 이렇게 늙었어? 이런!"

"어! 결혼 결국 못한 거야? 그러게 그만 뜸들이라고 그리 일렀건만."

"여~ 너 수탐 맞지? 뭐? 아들이라고? 그럼 수탐은?"

"흠… 죽었을 거라곤 생각도 못해 봤는데……."

이 사람 저 사람과 떠들던 일중의 얼굴이 어두워졌다.

하지만 그는 수탐이란 둘도 없던 친우를 자신의 손으로 죽였다는 것은 꿈에도 생각지 못하는 듯했다.

그렇게 당황해서 대꾸도 잘 못하는 살막 사람들을 뒤로 하고 일중은 살막주의 손에 이끌려 막주의 집무실로 들어섰다.

"자네가 수련이의 배필이라고 했던가?"

"예."

"막주를 맡았고?"

"예."

"그럼 수강이는?"

일중의 물음에 총관을 겸하는 6호가 조심스럽게 손을 들었다.

"저… 여기 있는데요, 숙부."

"안 죽였어?"

놀라는 일중의 말에 수강, 6호의 얼굴이 와락 구겨졌다.

"저이가 반대해서요."

"아니, 왜?"

일중의 물음에 살막주가 겸연쩍은 얼굴로 답했다.

"가족이 아닙니까?"

"하지만 막주의 자리를 위협할 단초를 남겨 두는 건 위험한 일이라고. 그걸 모르나?"

"제게 가족은 위험이 아니라 행복을 더해 주는 이들입니다."

"그게… 무슨 소리야?"

도무지 무슨 말인지 못 알아듣겠다는 일중의 표정에 살막주가 언젠가 막원들에게 했던 말을 다시 입에 담았다.

"가족은 해치는 것이 아니라 돌봐야 하는 대상입니다."

"돌봐야 한다고?"

"예, 아버지가 아들을, 형이 동생을 돌보듯이 말입니다."

살막주의 말에 일중은 한동안 혼란한 표정으로 그 말을 중얼거렸다.

그날 밤, 일중은 그가 떠나기 전에 사용했던 방에 다시 들어섰다.

배신자의 방을 사용하려는 자가 없었던 탓에 20년 가까이 방치되어 있던 것이지만, 일중은 자신을 위해 남겨 둔 것으로 착각하곤 크게 기뻐했다.

 그 모습을 바라보는 살막의 사람들은 복잡한 표정을 감추지 못했다.

 그렇게 밤은 깊어 가고…….

"허억!"

 잠을 자던 일중이 비명과 함께 벌떡 일어났다. 이마를 훔치자 흥건한 땀이 묻어났다.

"무슨 이런 더러운 꿈을…….."

 자신의 손으로 아비를 죽이고, 동료와 친우들마저 죽이는 꿈을 꾼 탓이었다.

 더구나 그렇게 된 이유가 웃겼다. 아버지가 누이를 건드려 자신을 낳았다는 것이다.

 그 어이없는 내용에 피식 웃던 일중의 얼굴이 점점 차갑게 굳어져 갔다. 꿈에 나오지 않았던 일들이 그의 기억 너머에서 고개를 내민 까닭이다.

"누나……."

 목을 매고 늘어져 있던 누이, 아니 어머니의 모습이 너무나 생생했다. 아버지를 원망하지 말라던 유서까지도…….

"이런 빌어먹을!"

 주먹을 움켜쥐는 일중의 손이 부들부들 떨렸다.

 그런 일중의 뇌리로 살막주의 말이 스쳐 간 것은 너무나

과거를 버리다 • 91

의외였다.

'가족은 해치는 것이 아니라 돌봐야 하는 대상입니다. 아버지가 아들을, 형이 동생을 돌보듯이 말입니다.'

그 말이 자꾸 귓가를 맴돌았다.
분노가, 분노가 힘없이 무너졌다. 그렇게 돌봐야 할 가족들을 난…….
'죽였다, 내 손으로…….'
친우와 동료, 거기에 가족의 피까지 더한 손을 내려다보는 일중의 눈이 잘게 흔들렸다.
그러고 보니 생각났다. 자신을 복잡한 시선으로 바라보던 수탐의 아들이. 그 아이에게 자신은 아비를 죽인 원수였다.
'한데 왜? 왜 그냥 두었을까?'
이유를 알 수 없었다.
'두려워서? 자신의 능력이 못 미쳐서?'
그렇게 치부하기엔 모여 있는 이들의 수가 너무 많았다. 더구나 자신은 아무것도 모르고 무방비 상태로 들어왔지 않은가?
그러고 보니 또 생각이 났다. 자신을 맞던 이들이 모조리 무장 상태였던 것이.
'이런, 대비… 하고 있었던 거야! 한데 왜……?'

자신을 왜 그냥 두었는지 그는 도무지 이해할 수 없었다. 그때 또다시 그 어리숙한 조카사위의 말이 떠올랐다.

'가족은 해치는 것이 아니라 돌봐야 하는 대상입니다.'

 그제야 알았다. 이들이 왜 예전처럼 자신에게 칼을 들이밀지 않았는지.
 이유를 알게 되자 부끄러웠다. 복수를 한답시고 찾아온 자신이…….
 "과연 누가 가해자이고 누가 피해자라고……."
 일중의 독백이 그의 방 안에 무겁게 내려앉았.

 그 시각, 세영이 살막을 벗어났다.
 살막주도 그가 이곳에 왔었다는 것을 모르고 있었다.
 그리고 일중도 알지 못할 것이다. 그의 독백이 자신의 목숨을 살렸다는 것을.

❀   ❀   ❀

 다음 날, 집무실에서 기다리던 살막주가 뒤늦게 등청하는 세영을 못마땅한 표정으로 맞았다.
 "느긋하게 잘 주무셔서 아주 좋으시겠습니다."

"그럼. 숙면만큼 피곤을 잘 풀어 주는 것은 없으니까."
"그 숙면에 저희 살막 사람들의 목숨이 달려 있다는 생각은 없으셨던 모양입니다?"
"뭐, 네가 여기 와서 떠드는 것으로 보아선 아무 일도 없었던 모양이다만은."
"천지신명이 도우신 덕이었죠."
"자객 입장에서 천지신명까지 들먹이는 건 무리 아니냐?"
"천지신명이 직업 따져 가며 도와준다는 소리는 못 들었습니다만."
"네, 네, 똑똑하셔서 좋으시겠습니다."
이죽거리며 자리에 앉는 세영에게 살막주가 말했다.
"정말 천행이었습니다."
"기억을 잃은 게 확실한가 보지?"
"분명합니다. 밤새 긴장하고 대비했는데, 오늘 아침도 마찬가지더군요. 오늘은 자신의 손으로 죽인 수탐이란 친우의 아들에게 자신의 기술들을 가르치겠다고 나서더군요."
"그럼 뭐가 불만이야. 그냥 두면 되지."
"언제 기억을 찾을지 모르니 불안하다는 게 문제지요."
"그럼 기억을 찾아도 복수한답시고 날뛰지 못할 정도로 잘해 줘."
"예?"
"뭐가 예야. 기억을 찾더라도 복수한답시고 나설 수 없을 정도로 잘해 주란 말이다. 새로 쌓인 기억이 과거의 분노를 다 뒤덮고 남을 정도로. 간단한 거 아니냐."

세영의 말에 살막주는 약간 당황한 표정이었다.

그건 '왜 그 생각을 하지 못했지?'하는 자책의 표정에 가까웠다.

"표정을 보아하니 알아들은 모양인데, 그럼 이제 가지? 나도 일 좀 보게."

"예? 아! 예, 알겠습니다, 대인."

살막주는 그렇게 조용히 사라졌다.

살막주가 사라진 집무실로 막야가 뛰어 들어왔다.

"포교님!"

"왜?"

"그가, 일중, 아니아니, 환요랑이 탈출했답니다!"

이제야 저 난리인 걸 보면 살막은 막야를 정말로 놓아 보낸 것 같았다.

그래 달라고 부탁은 했지만 어제 같은 비상 상황에서까지 그 약속을 지켜 줬다는 건 고마운 일이었다.

"근데 왜 호들갑이야?"

"살막에, 살막에 알려야죠! 제가 후딱 다녀올까요?"

"됐어."

"하, 하지만……."

"그쪽은 이미 아니까 됐다고."

"아! 지켜보고 있었던 모양이죠? 그럼… 한판 붙는 겁니까?"

마구 비약하는 막야의 추측에 세영은 손을 내저었다.

"시끄러우니까 나가서 네 일이나 봐."

"에… 그냥… 나가요?"

"그래, 나가. 그리고 내 명이 없는 한 살막 쪽으론 걸음하지도 말고."

"그건 이미 명대로 하고 있습니다만……."

"그럼 계속 그렇게 해."

그 말을 끝으로 서류로 시선을 돌리는 세영의 모습에 막야는 불만스러운 표정으로 집무실에서 물러갔다.

하지만 문은 곧바로 다시 열렸다.

"저기……."

"왜, 또?"

"포령께서 오시라는 데요."

이유는 능히 짐작이 갔다.

그래도 안 간다고 할 수는 없는 노릇, 세영이 조용히 자리에서 일어섰다.

자신의 집무실로 들어서는 세영에게 수부타이가 말했다.

"우포청의 멍청한 것들이 놈을 놓쳤네."

"놈이라면……?"
"환요랑 말일세, 환요랑!"
"어쩌다 그렇게 되었답니까?"

짐짓 분노한 척 열을 내는 세영에게 수부타이가 답했다.

"놈이 쇠줄을 끊고 움직였다네. 내 그러게 실력이 없이는 다룰 수 없다고 그리 주장했건만."

"해서 어찌한답니까?"

"지금 우포청의 병력 팔백이 모조리 풀려나와 개봉을 뒤지고 있네. 그런다고 다시 잡힐 환요랑이 아니겠지만……. 해서 하는 말이네만 자네, 다시 놈을 잡을 수 있겠나?"

은근한 수부타이의 물음에 세영이 고개를 저었다.

"놈이 이곳 개봉에 남아 있겠습니까? 저 같으면 벌써 하남을 벗어나고 있을 겁니다."

"하긴 자신을 잡아들인 자네가 있으니 개봉에 있다는 것은 겁이 나겠지. 에이, 빌어먹을 우포청 놈들!"

이후에도 우포청을 서너 번은 말아먹었을 정도의 욕설을 퍼부은 후에야 수부타이는 세영에게 돌아가도 좋다는 말을 했다.

제44장
계약을 확정하다

 자신의 집무실로 들어서던 세영이 잠시 멈칫했다.
 이내 피식 웃어 버린 그는 성큼성큼 들어가 자신의 자리에 앉았다.
 "개작태 그만하고 일로 와서 앉아."
 하지만 아무것도 없는 방에서 누가 의자에 앉을 리도 없다. 그에 세영의 욕설이 쏟아졌다.
 "지랄을 해라. 뒤통수 한 번 더 깨져 봐야 정신 차릴래?"
 말과 함께 벼루를 집어 드는 세영의 동작에 문가에 드리워진 그림자에서 사람이 일어섰다.
 "제기랄! 정말로 알아보는군."
 벼루를 집어 든 세영의 손이 정확히 자신이 숨어 있는 그림자를 향한다는 것을 확인한 까닭이다.

그렇게 투덜거리며 맞은편 의자에 앉은 일중에게 세영이 벼루를 내려놓으며 물었다.

"왜 왔어?"

"고의지?"

"뭐가?"

"내 혈도… 풀어 준 거."

"어디 가서 그렇게 떠들어라. 난 포장한테 박살 나고, 넌 내 손에 뒈지는 거니까."

세영의 위협 겸 핀잔에 일중이 콧방귀를 끼었다.

"킁, 그럴 생각도 없지만 떠들 곳도 없다."

"그렇게 입 다무는 게 네 신상에도 좋을 거다. 그나저나 기껏 도망쳤는데 왜 기어들어 온 거야?"

"기어 오지 않고 걸어 들어왔거든."

"나갈 땐 기어가게 만들어 주랴?"

세영의 핀잔에 입을 삐죽거린 일중이 물었다.

"정말 궁금해서 온 거다. 왜 풀어 준 거냐?"

"내가 안 풀어 준 건데? 우포청 애들이 멍청했던 거지."

"혈도 말이다, 혈도."

"아! 혈도… 그야 뭐, 실험이라고 해야 하나."

"실험?"

"네가 정말로 기억을 잃었는지 아닌지, 그걸 알고 싶었을 뿐이야."

세영의 말에 일중의 얼굴이 굳어졌다.

"그래서 답은 얻었나?"

음성도 이전과는 다르게 바짝 낮아졌다. 그런 일중을 바라보던 세영이 피식 웃었다.

"되찾은 기억엔 내게 잡혔던 게 들어 있지 않았나? 어째 이전보다 더 겁이 없어 보이네."

그 말에 일중의 얼굴은 이제 완전히 딱딱하게 굳어 버렸다.

"너……."

"잘해. 똑같은 실수 두 번 하지 말고."

세영의 말에 한참 말이 없던 일중의 입가로 작은 미소가 깃들었다.

"살막의 살행을 중지시켰다더니… 괜한 오지랖만은 아닌 모양이군."

"오지랖 맞아. 솔직히 엄청 후회하고 있는 중이지."

그 말에 완전히 여유를 되찾은 일중이 작게 웃었다.

"크크크, 하긴 매달 들어가는 금액을 듣자 하니 후회가 아니라 땅을 치고 대성통곡을 해도 모자라겠더군."

"그렇지 않아도 가슴 아프니까, 염장 지르러 온 게 아니면 그만 가라."

세영의 축객령에 일중이 순순히 자리에서 일어섰다.

"주인이 가라면 가야지."

그렇게 일어서는 일중에게 세영이 물었다.

"아! 하나만 묻자."

"여러 개 물어도 된다."

일중의 답에 피식 웃은 세영이 물었다.

"왜 그렇게 지저분한 일들을 벌이고 다닌 거지?"

"지저분하다……? 그럴지도 모르겠군. 하지만 내가 손댄 이들치고 제대로 된 이는 없었다. 남편을 속이고 부정을 저지르던 여자, 정부와 짜고 남편을 죽여 재산을 가로 챈 여자, 되도 않게 몸을 굴리다 착한 놈 골라서 시집가려던 정신 나간 계집들. 당해도 싼 것들이었어."

왜 굳이 그런 여인들을 목표로 삼았느냐고는 묻지 못했다. 자신의 어머니, 아버지에게 몸을 버려 자신을 낳은 그녀에게 원망을 돌리고 있었을 테니까.

"자고로 피해자를 원망하는 법은 없다."

세영의 말에 슬쩍 그를 바라보던 일중이 말했다.

"난 그걸 너무 늦게 알았다."

그의 말에 세영이 손을 저었다.

"이제 됐으니 가라. 바쁘다."

그 말을 내뱉기 무섭게 서류로 시선을 돌리는 세영을 바라보던 일중이 걸음을 옮기다 말고 물었다.

"아! 고맙단 말… 내가 했던가?"

일중의 물음에 서류에 얼굴을 파묻고 있던 세영이 고개도 들지 않은 채 손을 내저었다.
"배웅 안 한다."
　세영의 말에 밝게 웃으며 돌아서 문을 연 일중은 마치 바람처럼 흩어졌다.
　그렇게 열린 문을 바라보며 세영이 구시렁거렸다.
"자식, 문은 좀 닫고 가지."
　그래도 기분은 나쁘지 않았다.

'이 일을 하면서 가장 보람 있을 때가 언제인 줄 아느냐? 그건 죄지은 놈을 잡아넣을 때가 아니라 죄를 뉘우친 놈을 놓아 보낼 때이니라.'

　선친의 말이 불현듯 떠올랐다.
　피식-
　작게 웃는 세영의 시선이 다시 서류로 향했다.
　그날, 또 하나의 중요한 변화가 세영의 의식 한쪽에 자리를 잡았다.

　　　　❀　　❀　　❀

　세영의 명으로 철가방에 다녀온 양후가 서찰 하나를 내

밀었다. 그걸 받아 펼쳐 든 세영의 미간에 주름이 파였다.
"조건부?"
"그게… 나한테 철가방의 기밀을 캐지 않는다고 약조를……."
"지랄을 해요, 지랄을. 빚진 놈이 빚쟁이한테 조건 다는 거 본 적 있냐?"
"그, 그야……."
"그리고 내가 묻고 싶으면 묻는 거지 왜 못 물어? 이걸 무슨 동의서라고 받아 온 거야!"
그 앞에서 서찰을 박박 찢어 버린 세영이 벌떡 일어섰다.
"앞장서!"
"왜, 왜?"
"내가 직접 만나서 동의서를 받아야겠어. 소속을 잠시 옮기는 일이라 나중에 벌어지는 소속 다툼을 미연에 방지하자고 동의서를 받아 오랬더니 어디서 이따위 걸……. 가, 가자고. 가서 내가 직접 해결할 테니까."
결국 양후는 세영과 함께 다시 좌포청을 나서야만 했다.

철가방의 철주는 좌야장을 앞세우고 들이닥친 이 새파랗게 어린 포교를 어찌 다루어야 할지 감을 잡을 수가 없었다.
"이봐, 영감, 하나만 묻지."
"영감? 허, 허허허, 이거 참… 그래, 물으시게."

"이 인간이 내게 각서를 썼어. 지. 급. 각. 서. 여기 보이지? 이렇게 선명하게 쓰인 거."

양후가 쓴 각서를 내보이는 세영에게 철주가 고개를 끄덕였다.

"보이오만."

"그럼 이걸 갚아야 한다고 봐, 아니면 생까도 된다고 봐?"

"그야 갚아야 한다는 건 알겠는데……."

척-

철주의 말을 가르며 펼쳐진 것은 고용 계약서였다.

"이거 보라고. 여기 뭐라고 쓰여 있어?"

"고용 계약서라 쓰여 있소만."

"그래, 고용 계약서. 저 인간이 좌포청에서 포쾌로 근무하겠다고 쓴 계약서야. 왜? 돈 벌어서 내 빚 갚아야 하니까."

"그래서 하고 싶은 말이 무엇이오?"

꼴랑 포교지만 그래도 관인이랍시고 하오체를 써 주는 철주도 대단했지만, 그런 철주에게 꼬박꼬박 반발을 해 대는 세영도 어지간했다.

"이걸 인정하나?"

"내가 인정하고 말고는 상관없다고 보오만."

"왜? 직접 쓴 게 아니라서?"

"잘 알고 있구려."

철주의 답에 세영이 희미하게 웃으며 물었다.

"그럼 다른 걸 묻지. 약속은 지켜져야 할까, 무시해도 될까?"

"지키지 않을 약속을 하는 인간들은 살 가치도 없다는 게 내 지론이외다!"

철주의 이 지랄 맞은 성격 때문에 철가방이 곤욕을 치르고 있었지만, 그걸 드러내 놓고 반대한 이들도 없었다. 불편한 만큼 혜택도 상당한 편이었기 때문이다.

예를 들자면 철주가 한 약속은 반드시 이행되었다. 봉록을 올려 준다든지, 술을 산다든지, 장가를 보내 준다든지 하는 따위의 약속 말이다.

그러니 완전히 동의할 순 없지만 지금 상황에서 양후나 다른 철가방의 요인들이 나설 수도 없었다.

그런 철주에게 세영이 고개를 끄덕여 보였다.

"영감, 그거 하난 내 마음에 드네. 그럼 저 인간이 약속을 지키지 않는다면?"

"철가방의 방원이 약속을 지키지 않는 따위의 일은 일어나지 않을 것이오."

"좋아, 좋아. 확실해서 좋구먼. 자— 그럼 여기서 질문 하나. 저 인간이 좌포청에서 일하기로 나와 계약을 맺었어. 그러니까 약속을 했다는 거지. 그럼 저 인간이 좌포청 포쾌일까, 철가방 방원일까?"

세영의 물음에 철주가 머뭇거림 없이 답했다.

"그 둘 다요."

"오~ 명쾌한데. 좋아, 그럼 묻자고. 내가 좌포청의 포교로서 철가방을 때려잡으란 명령을 저 인간한테 내렸어. 따라야 할까, 안 따라야 할까?"

"그, 그거야……."

"설마 좌포청 포쾌로 일하기로 한 약속을 저버리라고 말하는 건 아니겠지?"

세영의 말이 끝나기 무섭게 철주의 고함이 터져 나왔다.

"가당치도 않은 말!"

"좋아, 좋아. 그럼 답을 해야지? 어째야 할까?"

세영의 시선을 받으며 잠시 끙끙거리던 철주가 마지못한 듯 답했다.

"명을… 따라야 하오."

"명쾌한 답! 자, 그럴 줄 알고 여기 그렇게 써 왔지. 여기에다 쾅, 수결 하나 놔."

준비해 온 동의서를 쫙 펼쳐 놓은 세영이 머뭇거리는 철주에게 물었다.

"영감, 혹시 했던 말 막 뒤집고, 약속 막 어기고 그런 사람… 아니지?"

세영의 말이 끝나기 무섭게 철주가 세영이 펼쳐 놓은 동의서에 먹을 잔뜩 묻힌 손을 꾹 눌렀다.

"오~ 확실해, 확실해. 자- 그럼 이 인간은 이제부터 포쾌

계약을 확정하다 • 109

봉록으로 빚을 다 깔 때까지 내 거야."

세영의 말에 철주는 마지못해 고개를 끄덕였다.

그렇게 목적을 달성한 세영이 자꾸 뒤를 돌아보는 양후를 끌고 떠나가자 중야장이 철주에게 조심스럽게 물었다.

"차라리 돈을 주고 해결하는 것이 낫지 않았을까요?"

"물론 그게 더 나았겠지."

"하온데 왜……?"

"그래서야 좌야장이 배우는 것이 없지 않겠나. 아무 때나 약속을 해 대는 건 위험한 짓이니까. 다른 방원들도 그게 위험하다는 걸 배워야 하고."

"하오면……?"

"본보기였던 셈이지. 하니 몇 달 저리 고생하게 두었다가 돈을 주고 찾아오면 될 일일세."

그제야 중야장의 얼굴이 펴졌다.

"철주의 깊은 뜻을 이제야 알았습니다. 존경합니다, 철주."

중야장의 말에 철주의 입가에 미소가 어렸다. 자신이 생각하기에도 꽤나 잘한 결정 같았기 때문이다.

　　　　※　　※　　※

마녀는 자신의 앞에 부복한 귀화 37호에게서 보고를 받고 있었다.

"놈이 삼매진화를 썼다?"

"예, 군사님."

"생각보다 뛰어난 자가 아닌가?"

"그뿐이 아니옵니다."

"또 뭐가 있더냐?"

"철가방의 좌야장이… 그의 수하로 들어갔습니다."

"철가방의 좌야장이?"

"예. 하긴 그렇게 치면 굉마와 녹림 천중채의 전 채주인 거패도 그의 휘하가 되었으니 놀랄 일도 아니지요."

"이런! 그게 어찌 놀랄 일이 아니란 말이더냐! 굉마와 좌야장은 명실상부한 백대고수. 뿐이냐? 거패도 백대고수와 견주어 손색이 없는 고수이니라. 그런 이들 셋을 수하로 두었다면……."

어지간한 대문파급의 파괴력이다. 아니, 소수정예이니 일순간에 쏟아 부을 수 있는 파괴력의 집중도는 대문파보다 더 강렬할 것이었다.

"이거야, 철가방으로 견제를 하려다 날개만 달아 준 셈이 아닌가."

탄식을 토하는 마녀에게 귀화 37호, 개봉의 이화루에선 관화로 불렸던 여인이 말을 이었다.

"하옵고… 환요랑이 개봉에 나타났습니다."

"그 보고는 들었다. 일송자가 죽은 이후 그를 주시하는 눈은 여러 곳에 두었으니까."

"하오면 그가 잡혔던 것도 아십니까?"

귀화 37호의 말에 마뇌의 눈엔 불신이 들어섰다.

"그건 불가능한 일이다. 그의 능력이라면 살행은 몰라도 숨어드는 걸 잡아낼 사람은 아무도 없어."

"그것은 잘 모르옵고, 여하간 그가 잡혔었습니다."

"누구에게? 설마… 그 포교는 아니겠지?"

"설마가 맞사옵니다."

귀화 37호의 답에 마뇌는 지끈거리는 머리를 눌렀다.

"그건 뭔가 잘못됐어. 있을 수 없는 일이란 말이다!"

워낙 강경한 부정이라 귀화 37호가 한발 뒤로 물러났다.

"하면 혹 환요랑에게 다른 목적이 있어 고의로 잡힌 것일지도……."

"고의? 흠… 고의란 말이지……?"

한참 무언가를 고심하던 마뇌가 귀화 37호에게 물었다.

"다시 돌아가 활동할 수 있겠느냐?"

"그건 어렵습니다."

"왜?"

"제 정체를 의심하던 환요랑이 잡히는 바람에 아무 말도 남기지 않고 자리를 떠났기 때문입니다."

"이런, 너무 성급했구나."

"송구하옵니다."

고개를 조아리는 귀화 37호를 바라보며 마녀가 말했다.

"혹 누군가를 다시 파견할 때 도움이 될 만한 것이 있느냐?"

"거패 전 채주가 미인에 약한 것 같았습니다. 용모가 아름다운 여인을 내세운다면 충분히 먹힐 것이옵니다."

"거패라……. 하긴 산적 두목이니 아름다운 여인을 언제 보았을까. 알았다. 참고할 터이니 이만 물러가 쉬어라."

"감사합니다, 군사님."

조용히 고개를 숙여 보인 귀화 37호가 물러가자 마녀가 곁에 조용히 앉아 있던 부군사에게 시선을 주었다.

"아름다운 아이라… 귀화에서 저 아이보다 나은 아이가 있는가?"

"한두 명이 있긴 하온데… 이미 그리 쓰인 적이 많아서 자칫 신분이 드러날 위험이 너무 높습니다."

"하면 그만한 아이를 구할 곳이 없겠는가?"

"요귀(妖鬼)의 제자라면……."

"흠… 이만한 일에 내놓으려 할까?"

지금이야 포쾌로 있다지만 태생이 산적인 놈에게 지분거려야 하는 일이다. 자칫 몸을 버릴 수도 있다는 소리다.

하나뿐인 제자를 친딸처럼 키운다는 요귀가 그걸 감수하고 내놓을지 장담할 수 없었다.

"명을 내리시면……."

물론 명을 내리면 들을 것이다. 항명은 죽음이 따르니까. 하지만 벌여야 하는 일에 비해 피해가 너무 크다. 거기다 요귀의 중요도는 거패 따위완 비교가 안 되기도 하고.

"목양기(木陽紀)를 내준다고 해 보게."

"모, 목양기를 말씀이십니까?"

목양기, 3백 년 전 무림을 발칵 뒤집어 놓았던 목마(木魔)의 독문기공이다.

연성자는 자신이 원할 때 나무처럼 단단한 피부를 갖게 된다. 일종의 금강불괴지신공의 한 종류였던 셈이다.

"호신강기가 부족해 항상 애를 먹던 요귀이니 미끼를 물 수밖에 없을 걸세."

"그야 그렇긴 하겠습니다만… 련주의 허락은 어찌……?"

"목양기의 사용에 대해선 이미 예전에 허락을 얻어 놓았네. 상관없으니 그리 진행하면 될 것일세."

마녀의 말에 부군사가 고개를 조아렸다.

"예, 군사."

※ ※ ※

세영은 의원에 들러 입원 치료 중인 거패를 찾았다.

"몸은 좀 괜찮냐?"

세영의 물음에 거패는 묵묵히 고개를 끄덕였다. 그런 거패에게 세영이 핀잔을 주었다.

"의원에서 밥 안 주데? 왜 그렇게 힘이 없어?"

"그냥… 그나저나 정말 안 돌아오고 있는 겁니까?"

"누구… 관화 말이냐?"

"예."

"돌아올 생각이라면 그렇게 떠나지도 않았을 거다."

"급한 일이 생겨서 잠시 떠났을 수도 있지 않을까요?"

　거패의 미련이 세영은 답답했다.

　하지만 그렇다고 그걸 나무라진 않았다. 마음이란 놈이 원래 자기 뜻대로 움직여지는 것은 아니기에…….

"기다… 릴 생각인 거냐?"

"그게……."

　거패는 답을 하지 못했다.

　스스로도 돌아오지 않을 거란 걸 안다는 뜻이다.

　더 이상 거론할 이유는 없는 듯했기에 세영은 화제를 돌렸다.

"의원의 말이 사나흘 있으면 퇴원해도 좋단다. 물론 다리는 좀 더 지나야 평상시처럼 되겠지만."

　오금의 근육이 끊어진 까닭이다.

　제아무리 내가 고수라도 끊어진 근육이 다시 붙는 건 많은 시간을 요하는 일이었다.

계약을 확정하다 • 115

세영의 말에 거패는 그저 고개를 끄덕일 뿐이다.

 그런 거패에게 무언가 말을 하려던 세영은 이내 고개를 저었다.

 "몸조리 잘해라."

 그 말을 남겨 두고 나가는 세영을 거패는 바라보지도 않았다.

 병실에서 벗어나는 세영을 황렬이 맞았다.

 "어때?"

 "넋 나간 놈 같더라."

 "생각보다 마음이 깊었던 모양인데, 괜찮을까?"

 천하의 굉마가 남의 걱정을 한다. 그 모습에 세영이 피식 웃었다.

 "답은 않고 왜 피식거려?"

 "그냥. 일단 저 자식은 좀 놔둘 생각이다."

 "사고 치면 어쩌려고?"

 "그만한 일로 사고 칠 놈이면 우리가 신경 써도 문제는 생길 거다."

 "그야 그렇긴 하지만……."

 뒷말을 흐리는 황렬에게 세영이 물었다.

 "그나저나 이젠 움직일 만하냐?"

 "독은 다 떨어냈다. 다만 중독될 당시 망가진 위가 말썽

이었지."

 해독약인 줄 알고 독을 쏟아부은 탓이었다. 그러니 황렬의 위가 망가졌던 건 세영의 책임이 크다고 볼 수 있었다.

"고의는 아니었다."

"알아. 뭐, 이젠 다 나았다니 상관없기도 하고."

 황렬의 말에 세영이 말했다.

"그럼 됐네. 가자. 모처럼 형님이 맛난 거 사 줄 테니까."

"새카맣게 어린 자식이 말하는 본새 하고는……."

"싫어? 싫으면 말고."

"아아, 알았다, 알았어. 내 참, 먹고살기 더럽게 힘들어서……."

 세영은 투덜거리는 황렬의 어깨에 손을 걸쳤다.

 삐딱하니 위로 팔을 쳐들어야 하는 탓에 우스운 꼴이 연출되었지만 세영은 상관없다는 태도였다.

제45장
팔밀이를 당하다

지난밤의 술자리는 생각 외로 판이 커져 버렸다.

처음엔 세영과 황렬, 단둘만으로 시작한 술자리에 이내 관화에 대한 미련을 털어 내 버리려는 듯 거패가 합류하고, 양후까지 합석했다. 나중엔 우연히 지나던 수부타이까지 참석해 새벽녘까지 술을 펐다.

"아이코~ 머리야."

지끈거리는 머리를 부여잡는 세영에게 양후가 말했다.

"내공은 뒀다 국 끓여 먹을 생각이요? 주독을 밀어내면 될 게 아니요."

양후의 말에 세영이 핀잔을 주었다.

"멍청한 자식! 술이란 자고로 마실 때의 즐거움과 깰 때의 고통을 모조리 느껴야 비로소 주도에 들어섰다 하는 것이다. 그렇게 내공으로 주독을 뺄 거면 뭐하러 술을 마시냐."

"그, 그런 거요?"

"주도도 모르는 자식."

퉁명을 떤 세영이 포교 집무실로 들어가자 뒤따라오던 황렬에게 양후가 물었다.

"박 포교는 주도를 꽤 깊이 아는 모양이오?"

"주도는 무슨… 저거 내공 돌리는 거 못해서 저래."

"에?"

놀라는 양후에게 황렬이 말했다.

"몰랐나? 저 인간이 익힌 건 고려의 전통 무공이야. 내공이 아니라 자연지기인가 뭔가를 이용하는 거라더군. 아주 후진 거지."

"그 후진 거에 당한 거로구려, 우린."

"그, 그건… 에이! 아침부터 그 얘긴 왜 꺼내서는……."

거칠게 쿵쾅거리며 포반으로 들어가는 황렬을 어이없는 표정으로 바라보는 양후에게 거패가 핀잔을 주었다.

"거- 형님은 눈치 정말 없소. 된통 당해서 풍까지 왔던 사람한테 그 이야길 하면 좋아하겠소?"

정말 지난밤의 술자리로 관화에 대한 미련을 모두 털어버린 것인지, 아니면 애써 괜찮은 척하는 것인지 거패는 이

전처럼 활기차 보였다.

거기다 그는 어제 술자리에서 취한 탓인지, 아니면 녹림 특유의 성향 때문인지 자신보다 나이가 많은 양후와 황렬을 형님으로 모시겠다고 선언해 버렸다.

물론 실력 면에서도 그 둘이 거패보다 반수 정도 위에 있다는 것도 당연히 작용했다.

"풍?"

"엥? 형님은 몰랐수?"

"처음 듣는 소리다만, 황 포쾌가 풍 맞았었어?"

"포교 대인한테 제대로 깨져서 반신불수 아니었소. 내 듣기론 포교 대인 아니었으면 죽었을 거랍디다."

"흠… 그런데도 박 포교를 험담하다니, 좋지 않은 버릇이로고."

양후의 말에 거패가 비틀린 웃음을 그렸다.

"그러니 마두 아니겠수."

그 말을 던져 놓고 포반으로 들어가는 거패를 바라보며 양후의 고개가 갸웃거려졌다.

그렇게 말하는 거패도 마두 소릴 듣던 사람인 까닭이다. 그것도 산적 새끼라는 좋지 않은 단서까지 달려서.

"왜 그래요?"

뒤늦게 따라온 막야의 물음에 양후가 고개를 저었다.

"아니, 그냥… 자넨 몰라도 돼."

그 말을 남겨 놓고 양후가 포반으로 들어가자 뒤에 남겨진 막야의 인상이 구겨졌다.

"내 더럽고 치사해서! 술도 나만 빼놓고 먹고, 이젠 말까지! 설마… 나 왕따인 거야?"

막야의 음성에 걱정이 스며들었다.

자신의 집무실에 앉아 오늘도 서류와 씨름하던 세영을 수부타이가 찾았다.

"어서 오십시오."

"머리는 괜찮나? 난 아주 죽겠네만."

수부타이의 엄살에 세영이 미소 지었다.

"저도 머리가 깨질 것 같습니다. 다음부턴 술을 섞어 먹지 말아야겠어요."

"그러게, 백주와 황주를 섞었더니 영 힘을 못 쓰겠군."

자신의 말에 고개를 끄덕이는 세영에게 수부타이가 말했다.

"그리고… 포장께서 좀 보자시네."

"절… 말씀입니까?"

"맞네."

"무슨 일인지 아십니까?"

세영의 물음에 수부타이가 겸연쩍은 표정으로 답했다.

"환요랑 때문이라네."

"그 문제라면 포령도 계신데 왜 절……?"

"팔밀이를 할 생각이기 때문이지."

"팔밀이요?"

"위에다간 우포청에서 놓쳤다는 보고를 하고 싶지 않은 걸세."

"왜… 입니까?"

"무림인은 우리 좌포청 관할일세. 한데도 포장은 우포청으로 넘겼네. 일종의 월권이지. 그래서 좋은 결말이 났다면 또 모르겠지만 범인을 놓쳤으니 그 책임을 면하기 어렵게 된 걸세."

"그럼 팔밀이란 말씀은……?"

"우리가 놓친 것으로 해 달라는 소리지. 미안한 소리지만 난 거절하지 못했네."

수부타이의 말에 세영이 뺨을 긁적이며 물었다.

"괜히 덤터기 쓰는 거 아닙니까?"

"위에선 분명히 죄과에 대한 처벌을 내리라 주문할 걸세. 다만 그 결정은 포장에게 맡겨질 터, 포장이 실행하지 않으면 그뿐일세."

"뭐, 그렇다면야……."

세영이 수긍하자 수부타이가 그의 어깨를 두드렸다.

"내가 못나서 그런 걸세. 이해해 주게."

"아닙니다. 그럼 제가 다녀오면 되겠습니까?"

"그리하게. 담당 포교인 자네의 확답을 듣고 싶은 모양이시니."

"알겠습니다."

고개를 끄덕인 세영은 그길로 포장이 근무하는 우포청으로 향했다.

자신의 집무실로 들어서는 세영을 맞는 구부르타의 얼굴은 수부타이의 표정과 다를 바가 없었다.

"어서 오게."

"찾으셨다고 들었습니다."

"그랬지. 일단 앉게."

"감사합니다."

세영이 자리에 앉자 구부르타가 그답지 않게 직접 차를 내놨다.

"보이차일세. 발효차 중에선 손가락에 꼽히는 차라네."

몽고 초원에서 마유주나 마시던 것을 생각하면 큰 발전을 이룬 셈이다.

그래도 구부르타는 초원이 그리웠다. 한없이 자유로웠던 몽고의 초원이…….

"좋군요."

세영의 평에 작게 미소 지은 구부르타가 말했다.

"이야기는… 들었나?"

"예, 포령께 들었습니다."

"면목이 없네."

구부르타의 말에 세영이 웃었다.

"이해… 합니다."

"고마운 말이군. 솔직히 월권을 행사하다 이 지경이 되고 보니 뒷막음이 녹록지 않았네. 알는지 모르겠지만, 내가 개봉으로 오게 된 것도 사고의 책임을 지고서였네. 그런 상태에서 또 사고가 났으니… 그 감당이 여의치 않았다네."

하지 않아도 되는 말까지 털어놓는 포장을 바라보며 세영은 그에게 아직 순수한 면이 남아 있다는 걸 알아차릴 수 있었다.

그래서였는지 몰랐다. 올 때까지도 탐탁지 않았던 감정이 깨끗이 날아간 것은.

"무슨 말씀인지 알겠습니다. 책임은 지겠습니다. 다만 뒷일은……."

"그건 걱정 말게. 자네나 좌포령에게 책임이 돌아가게 만들진 않을 터이니."

"감사합니다."

"감사는 내가 해야 할 말이지. 고맙네."

정말로 고마워하는 구부르타의 배웅을 받으며 세영이 좌포청으로 돌아갔다.

그 일은 그렇게 끝나는 듯싶었다.

개봉 어사판소(御史判所)의 어사판관(御史判官)이 좌포청에 모습을 드러내기 전까지는.

※　※　※

좌포청으로 등청하던 세영은 무언가 알 수 없는 기류가 흐른다는 것을 느꼈다.

"무슨 일 있어?"

세영의 물음에 야번조를 이끌었던 구열이 안쪽을 살피며 속삭이듯 작은 음성으로 답했다.

"어사판관이 왔습니다."

"어사판관?"

"예, 개봉 포청, 아니 하남 포청의 최고위자입죠."

구열의 말에 세영이 물었다.

"그가 갑자기 왜?"

"그건 저도 잘 모릅니다. 다만 그 때문에 지금 포장을 부르러 정용 하나가 달려갔습죠."

구열의 답에 세영은 괜히 움츠러드는 자신을 느꼈다.

"이거… 불길한데……."

중얼거리며 자신의 집무실로 향하던 세영을 언제 나왔는지 당황한 표정의 수부타이가 불렀다.

"박 포교."

"예, 포령."

"내 집무실로 오게."

"예."

답을 한 세영이 수부타이를 따라 들어선 포령의 집무실엔 처음 보는 사람들로 가득했다.

문제는 들어서는 세영을 바라보는 그들의 시선이 곱지 않다는 것이었다.

그게 의아했던 세영의 뒤로 헐레벌떡 달려 들어오는 구부르타의 모습이 보였다.

"차, 찾으셨습니까, 판관."

구부르타의 물음에 꼬장꼬장하게 생긴 초로인이 입을 열었다.

"올 사람은 다 온 것 같으니 앉지."

그 말에 서 있던 수부타이와 세영, 그리고 가장 나중에 도착한 구부르타가 자리에 앉았다.

"죄인은 서 있고."

못 마땅한 음성인 초로인의 시선이 세영에게 향했다. 그 시선에 세영이 자신을 손으로 가리켰다.

"저, 저요?"

"하면 여기에 죄인이 그대 말고 또 있는가?"

세영은 당최 무슨 말인지 알 수 없었지만 지목을 당한 이상 버티고 앉아 있을 수도 없는 노릇이었다.

엉거주춤 일어서는 세영을 바라보며 판관이라 불린 초로 인이 말을 이었다.

"환요랑을 놓친 죄인의 신문을 시작한다."

판관의 말에 세영은 놀란 표정을 감추지 못했다.

그런 세영과 판관을 번갈아 바라보는 수부타이와 구부르타의 표정이 하얗게 질려 갔다.

그것으로 보아 그들도 지금의 일을 미리 알지 못했었던 모양이다.

"먼저 죄인에게 묻겠다. 환요랑이 도주하던 시간, 죄인은 무엇을 하고 있었나?"

판관의 카랑카랑한 음성에 세영은 멀뚱멀뚱 바라만 볼 수밖에 없었다.

놈이 도주할 때 우포청 지붕 위에서 놈이 우포청 관인들을 패대기치고 뛰쳐나올 걸 기다리고 있었다고 답할 수는 없는 노릇이니까.

"어허! 죄인은 답을 하지 않고 뭐하는가?"

판관의 좌측에 앉은 중년인의 호통이 사납다.

거친 기세와 칼을 찬 것으로 보아 판관을 보좌하는 무장인 듯싶었다.

"그, 그게… 집에……."

"그만한 죄인을 잡아다 두고 집에 돌아갔단 말인가?"

무장의 호통에 세영의 말이 뒤틀렸다.

"…가려다 말고 좌포청에 있었습죠."
"하면 놈이 도주할 동안 죄인은 무엇을 했던가?"
"잠을……."
"그 중한 죄인을 잡아다 두고 마음 편히 잠을 잤다?"
"…자지 못했죠. 당연히… 놈을 지키고 있었습니다."
"하면 눈앞에서 놓쳤다, 그 말인가?"
"그, 그게……."

말문이 막힌 세영이 어떻게 좀 해 보라는 듯이 수부타이와 구부르타를 바라보자 포장, 구부르타가 서둘러 나섰다.
"그에 대해선 개봉 포청 나름대로 견책을 내릴 예정입니다, 판관 대인."
"견책? 그 작자에게 당한 관인의 여식과 내자들이 얼마인데 겨우 견책이란 말인가? 이 죄는 목을 베어야 할 중죄란 것을 모른단 말인가!"

판관의 호통에 구부르타와 수부타이의 얼굴이 눈에 띄게 굳어졌다. 목이 날아가게 생긴 세영은 두말할 나위가 없다.
"모, 목을 쳐요?"
"하면 그 죄를 짓고 살길 바랐단 말이더냐?"

판관의 호통에 세영은 당황해서 어쩔 줄 모르는 수부타이와 구부르타를 바라보았다.

그 시선엔 제대로 구명하지 못하면 죄다 불어 버리겠다는 위협이 가득했다.

세영의 시선을 받은 구부르타가 다급한 음성으로 물었다.
"다, 다른 방법은 없는 것입니까?"
"다른 방법?"
"예, 일전에 올린 보고를 보셨다면 아시겠지만… 개봉의 무림인들을 모조리 평정한 공을 세운 포교입니다. 그 죄 하나로 목을 베기엔 너무나 아까운 인재가 아닙니까? 선처해 주십시오, 판관 대인."

구부르타의 부탁에 수부타이가 재빨리 말을 보탰다.
"소관도 이렇게 청을 드립니다, 판관 대인."

포장과 포령의 간청이 먹혔는지 판관이 서탁을 두드렸다.
"선처라……. 하면 목을 베는 대신 내가 시키는 것은 무엇이든 하겠는가?"

판관의 물음에 세영은 구부르타와 수부타이를 바라보았다. 그 둘은 어서 고개를 끄덕이라는 눈짓을 보내느라 경련이 일어날까 두려울 정도로 눈을 껌벅거리고 있었다.

그런 둘의 모습에 남모르게 한숨을 내쉰 세영이 판관에게 고개를 조아렸다.
"예, 그리하겠습니다."

"그렇다면… 죄인은 한 달 이내로 하북삼흉을 잡아 대령하라. 그들을 잡아 대령하면 환요랑에 대한 죄는 묻지 않을 것이다."

판관의 답에 세영은 덤덤하게 고개를 다시 한 번 조아렸다.

"예, 판관 대인."

세영의 답이 떨어지기 무섭게 어사판관과 그 일행들은 부리나케 좌포청을 떠나갔다.

어찌나 서두르는지, 마치 세영이 못한다고 말을 번복할까 두려워하는 이들의 행동처럼 보일 지경이었다.

그렇게 어사판관 일행이 떠난 포령의 집무실엔 구부르타와 수부타이, 그리고 세영만 남아 있었다.

"자네… 정말 자신은 있는 건가?"

구부르타의 물음에 세영이 고개를 갸웃거렸다.

"뭐가 말입니까?"

"하북… 삼흉 말일세."

그렇게 묻는 구부르타의 얼굴엔 걱정과 근심만이 아니라 결코 해낼 수 없는 일에 대한 두려움이 깔려 있었다.

"문… 제가 있는 이들입니까?"

"문제라……. 문제야 많지. 너무 많아서 열거하기가 다 어려울 정도라네."

구부르타의 답에 수부타이가 말을 보탰다.

"아무리 자네라도 어려운 일이지. 너무 선불리 답을 한 건 아닌가 걱정일세."

"도대체 어떤 놈들이기에 그러십니까?"

"하북삼흉은… 뭐랄까? 무림에선 무어라 부르는지 모르겠지만 관부의 입장에선 극악한 살인범쯤 된다네. 그들 손에 명운을 달리한 관부의 인사들이 적지 않지."

"그런 놈들을 그냥 둔단 말씀이십니까?"

세영의 물음에 구부르타가 씁쓸한 표정을 지었다.

"왜 그냥 두었겠나? 적지 않은 이들이 그들을 잡자고 나섰었지."

"그런데 왜……?"

세영의 물음에 수부타이가 고개를 저었다.

"살아 돌아온 이들이 없네. 날고 긴다는 대칸의 친위 고수들조차 불구의 객이 되었으니 더 말할 나위가 없겠지."

"한데 왜 그런 이들을 제게……?"

"아무래도 내 보고서가 화근이 된 모양일세."

"예?"

"자네가 개봉의 무림인들을 일거에 정리했다는 보고를 올렸더니… 아무래도 환요랑의 일을 핑계 삼아 자신들의 영달을 꾀하려는 모양일세."

"아니, 그들을 잡으면 어사판관에게 좋은 일이라도 있는 겁니까?"

세영의 물음에 씁쓸하게 웃는 포장을 일별한 수부타이가 답했다.

"승차하겠지."

"승차……."

"중앙, 거기다 대칸께서… 하긴, 지금은 대칸의 위도 공석이긴 하지만……. 쿠빌라이 전하께서 대칸이 되시면 아마 큰 상을 내리실 게야. 그분의 호위 무사가 여럿 희생된 탓에 벼르고 계신다고 들었으니까."

수부타이의 말에 세영이 물었다.

"그럼 우린 아무것도 생기는 게 없는 겁니까?"

"공이야 어사판소에서 차지하겠지만… 포상금 정도는 떨어지겠지."

공은 바라지도 않는다. 고려에서 몽고로 파견되는 절차를 밟으면서 자신의 신분은 포교로 고정된 셈이니까. 하지만…….

"포상금… 많습니까?"

세영의 물음에 수부타이가 고개를 저었다.

"포상금에 욕심을 낼 때가 아닐세."

그렇게 세영의 입을 막은 수부타이가 포장에게 물었다.

"이대로 두실 요량이십니까?"

"나 때문에 벌어진 일이니… 그럴 수야 없겠지."

"하오면 어찌……?"

"어사판관 대인을 만나 보겠네. 요구를 철회할 수 있는 길이 있는지 찾아봐야지."

"그래야 합니다. 아니면 우린 가장 유능한 포교를 잃을 겁니다."

수부타이의 표정은 세영의 실력만을 말하고 있지 않았다.

그 표정에 포장도 고개를 끄덕였다.

"알고… 있네."

정말 잘 알고 있었다. 그가 온 다음부터 자신들에게 올라오는 상납금이 몇 배로 뛰어올랐으니까.

하지만 세영은 하북삼흉의 목에 걸린 포상금이 얼마인지 예상해 보느라 두 사람의 대화를 제대로 듣지 못했다.

❀   ❀   ❀

포령의 집무실에서 나온 세영은 곧바로 포반으로 향했다. 그가 들어서자 그곳에 모여 있던 포쾌와 정용들이 일제히 시선을 주었다.

"왜 온 거래?"

앞뒤 다 잘라먹은 황렬의 물음이지만 세영은 제대로 답했다.

"하북삼흉 잡아들이란다."

그 말이 끝나기 무섭게 여기저기서 한숨이 새어 나왔다. 그 반응에 세영이 물었다.

"왜?"

"위험한 놈들입니다."

기륭의 답에 세영이 말했다.

"그 말은 들었다. 그거 말고 특이할 만한 게 있나?"

"위험… 하다는 거 말고요?"

"그래."

"다른 건… 하지만 정말 위험합니다."

기륭의 거듭된 경고를 황렬이 뒷받침하고 나섰다.

"틀린 말이 아니야. 놈들은 정말 위험해."

황렬의 말에 세영이 의외란 표정을 지었다.

"너까지 그리 말할 줄은 몰랐는데?"

"혼자라면 나도 장담 못해. 아니, 솔직히 열에 일고여덟은 패한다고 봐야지."

"그 정도로 강한 놈들이야?"

"강하냐고? 글쎄… 하나씩 떨어트려 놓으면 별거 아니지. 대충 상대해도 멱줄을 딸 수 있으니까."

"한데……?"

"셋이 뭉치면 이야기가 달라. 놈들의 삼귀진(三鬼陣)은 정말로 귀신이 곡할 정도로 끔찍하니까."

"그럼 따로 떨어트려 놓으면 간단한 거 아닌가?"

세영의 말에 황렬이 고개를 저었다.

"그게 안 되니까 문제지."

"설마 하루 온종일 붙어 다니진 않을 거 아니야. 뒷간을 갈 때라든가, 잠을 잘 때라든가. 혼자 있을 때가 있을 게 아니냐고."

"없어."

"뭐?"

"없다고. 놈들은 모든 일을 함께해. 함께 자고, 함께 먹고, 함께 싸지. 계집질도 함께할 거라는 데 내 전 재산을 걸지."

황렬의 말에 세영이 어이없는 표정으로 물었다.

"설마……."

"설마가 아니야. 제 놈들이 저질러 놓은 일이 있기 때문인지 철저하게 함께 움직이니까."

"그럼 따로 떨어트려 놓을 방법이 없다는 거야?"

"그래. 그런 수가 있었다면 벌써 뒈졌겠지."

"그 말은… 무림에서도 노리는 사람이 많은가 보지?"

"관에서 건 포상금이 자그마치 금자 십만 냥이야. 어떨 거 같아?"

"시, 십만 냥!"

놀라는 세영에게 황렬이 비틀린 미소를 그렸다.

"그 금액을 욕심냈다 황천길로 직행한 이들이 수십이야. 그 속엔 백대고수도 셋이나 포함되어 있다고."

백대고수면 황렬 급이다. 물론, 저만치 구석에서 고개를 끄덕이는 양후도 그렇고.

"그 이상의 고수들은 왜 그냥 있지? 십만 냥이면… 결코 무시할 금액이 아닐 텐데?"

"물론 백대고수에도 계층은 존재하니까 가능성이 있는 이들은 분명히 존재하지. 하지만 그들도 부담스러운 건 마찬가지일걸."

"부담스럽다니?"

"그만한 자리에 있는 이들은 적도 많아. 한두 명 베어서 그 자리에 오를 수 있는 건 아니니까."

"그거야… 한데 그게 하북삼흉을 잡는 거와 무슨 상관인데."

"놈들을 잡자면 그만한 피해도 감수해야 해. 상처를 입을 수도 있다는 거지. 그런 상황에서 적이 나타난다면?"

"그야 수하들을 데리고 나서면 되는 거 아닌가?"

"어지간한 수하들론 턱도 없지. 그렇게 일행을 꾸리다 보면 다른 문파들이 부담을 느낄 정도의 세력이 형성되는 건 당연지사. 그들이 이동하는 경로에 존재하는 문파는 모조리 비상이 걸릴걸? 그걸 방관할 마련이나 백도맹도 아니고."

"흠… 꽤나 복잡한 문제네."

"복잡하다기보단 머리 아픈 문제지. 그러니 자신과 상관없는 일에 두 손 놓고 있는 거랄까? 여하간 놈들은 자신들을 공격하는 이들만 아니라면 무림인은 건드리지 않으니까."

"영악한 놈들이네."

"그렇다고 봐야겠지."

"한데 그놈들 혹시 하북에서 사냐?"

"대부분의 활동 영역이 그쪽이지. 그 탓에 이름도 하북삼흉이라 불리는 것이고. 하지만 거처가 하북인지는 알려지지 않았다. 혹자는 하남이라고도 하고, 또는 산서라고도 하니까."

"그런데 왜 굳이 하북에서 지랄인 건데?"

"그쪽이 관부의 중심이니까."

중원으로 진출한 몽고는 하북의 개평을 정치의 중심으로 삼았다.

물론 몽고 제국 전체로 보면 카라코룸이 수도이지만 중원에서의 통치 기구들은 모조리 개평에 모여 있었던 것이다.

"그 이야긴… 몽고 관리들만 노린다는 소리?"

"그래. 그래서 놈들이 남송과 연계되어 있을 거란 의심을 받기도 하지."

"그렇단 말이지……."

한참 생각을 가다듬던 세영이 막야에게 물었다.

"놈들에 관한 정보, 언제까지 가능해?"

"설마… 나서실 생각은 아니시죠?"

걱정 가득한 막야의 물음에 세영이 퉁명스럽게 말했다.

"언제까지 가능하냐고 물었다만."

"그거야… 모아 놓은 정보가 있을 겁니다."

하북삼흉에 대한 의뢰가 적지 않았기 때문이다. 하지만 살막은 그들을 살행 불가의 존재로 구분해 놓고 있었다.

"가져와."

세영의 명에 막야가 슬그머니 포반을 나서자 황렬이 물어왔다.

"정말 나설 생각이야?"

"십만 냥이라면서."

"그걸 노리다 죽은 놈이 많다는 말도 했다만."

"안 죽으면 되지."

"원한다고 마음대로 되는 일이 아니잖아."

황렬의 걱정에 세영이 물었다.

"내가 이걸 들어도?"

자신의 칼을 들어 보이는 세영의 물음에 비로소 황렬은 그의 속내를 짐작할 수 있었다.

"놈들… 잡아들일 생각이 아니구나?"

"잡아들인다고 살아남을 수 있는 놈들이 아니니까."

"그럼 죄과는 따지지 않는 거냐?"

"그래서 막야한테 정보를 가져오라 한 거다. 그걸 보고 결정할 거야."

'정말 죽여야 할 놈들인지.'라는 말이 빠졌어도 못 알아들을 황렬이 아니었다.

결국 황렬의 반대도 막야의 정보가 도착할 때까지 뒤로 밀려났다.

막야가 가져온 10여 장의 서류를 들여다보는 세영의 표정은 그다지 좋지 않았다.

"얘들, 삼흉 맞아? 삼웅(三雄)이 아니고?"

"그게… 관부의 입장에선 삼흉이 확실하니까요."

막야의 답에 세영이 곤란한 듯 뺨을 긁었다. 그런 그에게 황렬이 물었다.

"왜, 무슨 문제라도 있어?"

"직접 봐."

세영이 넘겨준 서류를 훑은 황렬이 탄성을 터트렸다.

"허허, 참. 이놈들한테 이런 뒷이야기가 있는 줄은 몰랐는걸."

"뭔데 그러시오?"

저만치 안쪽에 자리하고 있던 양후까지 슬그머니 다가서며 관심을 가진다. 그 관심에 황렬이 서류를 넘겼다.

"이건… 탐관오리에 부정 축재, 무고한 양민을 죽이고, 거기다 양민의 딸과 아내를 강제로 취한……. 허허, 내 참."

양후마저 헛웃음을 흘렸다. 자신이 주워섬긴 대목이 모두 하북삼흉이라 불리는 이들이 목숨을 취한 관인들의 비리였기 때문이다.

"어찌할 생각이야?"

황렬의 물음에 세영이 어깨를 으쓱였다.

"뭘 어째, 날 샌 거지."

"그럼 어사판관의 명은 어쩌고?"
"포장이 손을 써 본다고 했으니 기다려 볼밖에."
세영의 답에 사람들의 고개가 끄덕여졌다.

제46장
회피하지 못하다

　수부타이와 함께 우포청으로 향하는 세영은 왠지 모를 불안감을 느꼈다.

　"왜… 부르시는 걸까요?"

　"글쎄… 어제 어사판소를 다녀오셨다고 들었으니 그와 관련된 일이 아니겠나."

　"어사판소라면……?"

　"맞네. 자네에게 내려진 명을 거두어 달라 청하러 가셨었지."

　"잘… 되었을까요?"

　세영의 걱정스런 음성에 그를 흘깃 일별한 수부타이가 답했다.

회피하지 못하다 • 147

"잘됐길 바라야겠지. 그나저나 자네도 걱정이 되긴 하는 모양일세."

"예, 알아보니 일이 만만치가 안더군요."

"당연한 이야기. 난 사실 자네가 별다른 말이 없기에 하겠다고 나설까 봐 조마조마했다네."

수부타이의 말에 세영은 아무 말도 하지 못했다. 자신은 실제로도 나서려 들었었으니까.

그런 세영에게 수부타이가 말했다.

"서둘러 가세. 포장께서 기다리시겠네."

우포청으로 향하는 두 사람의 발걸음이 조금 더 빨라지고 있었다.

자신의 집무실로 들어서는 수부타이와 세영을 포장이 굳은 얼굴로 맞았다.

"어서들 오게. 일단 앉지."

포장의 얼굴을 바라보며 세영은 알 수 없는 불길함이 더 강하게 엄습하는 것을 느꼈다.

"내 하북삼흉의 일로 보자 하였네."

포장의 말에 수부타이가 서둘러 물었다.

"어찌… 되었습니까?"

"특무대… 꾸려 보게."

"포, 포장!"

수부타이의 비명성 같은 음성에 포장이 미안한 표정을 지었다.

"미안하네. 최선을 다했네만… 어사판관 대인의 뜻을 꺾을 수가 없었네."

포장의 말에 수부타이가 옆에 앉은 세영의 눈치를 살피며 조심스럽게 물었다.

"빈… 손으로 가시진 않았을 것이 아닙니까?"

"그야 당연한 소릴!"

"그런데도 거절하셨단 말입니까? 혹시… 부족했던 것은 아닙니까?"

수부타이의 물음에 포장이 봉투 하나를 '탁' 소리 나게 서탁 위로 올려놓았다.

"내가 가져갔던 걸세. 금액은 자네가 직접 확인해 보게."

포장의 말에 수부타이는 조심스러운 동작으로 봉투 안을 살폈다.

"허억!"

비명 같은 신음이 수부타이의 입에서 새어 나왔다.

"마, 만 냥!"

"내가 절반, 우포령이 절반을 보탰네. 여하간 이번 일의 최대 수혜자가 그였으니까."

하긴 환요랑을 놓친 당사자는 우포령이었다. 문제가 벌어졌다면 우포령이 가장 큰 벌을 받았을 터였다.

"하, 하면 이걸… 금자 일만 냥을 어사판관 대인이 거절했단 말입니까?"

"일언지하에 거절당했네. 한 번만 더 가져오면 아예 죄를 묻겠다더군."

"아니, 왜……?"

판관이 뇌물을 안 먹겠다는데 왜냐고 묻는다.

정상적으론 이해할 수 없는 물음이겠지만 현실을 참고하면 당연한 물음이기도 했다.

세영이 포령과 포장에게 상납을 하듯이 두 사람도 상급자인 어사판관에게 상납을 해 왔던 것이다.

뇌물이 마치 당연한 관례처럼 굳어진 몽고의 뒤틀린 현실이 만들어 낸 풍경이었다.

그런 관행으로도 감당하기 힘들 정도로 욕심이 많은 이가 바로 개봉 어사판소의 어사판관이었다.

그런 이가 금자 일만 냥이란 거금을 거절한 것이다.

"나도 맨 처음엔 이유를 알지 못해 당황했었네만… 그럴 수밖에 없는 사정이 있더군."

"그게… 무엇입니까?"

수부타이의 물음에 목이 타는지 찻물을 단숨에 비운 포장이 답했다.

"최근에 개평에서 한 고위 관리가 목숨을 잃었네."

"설마… 하북삼흉의 짓입니까?"

"맞네."

"죽은 이가… 높은 자리에 있는 자입니까?"

조심스러운 수부타이의 물음에 포장이 답했다.

"이루크."

"서, 설마… 좌, 좌승상이신……?"

"그래. 그분의 갑작스런 사망으로 지금 개평은 난리도 아닌 모양이야. 경호 무장들은 물론이고, 개평 포청의 포장과 포령의 목이 잘려 효수되었다더군. 그로 인해 어사대 산하 전 어사판소에 하북삼흉에 대한 특별 추포령이 떨어진 상태일세. 잡지 못하면 모든 어사판관들에게 죄를 묻겠다는 우승상의 명이 있었다니 발등에 불이 떨어진 셈이지."

좌승상과 우승상의 비리는 도토리 키 재기다.

그 말은 좌승상이 당했으면 언제라도 우승상도 당할 수 있다는 뜻이었다.

당연히 우승상이 긴장할 수밖에 없었던 이유가 있는 것이다.

"그럼……?"

"환요랑의 일이 아니었어도 떨어질 임무였다는 소리지. 다만 그 임무를 요사이 두각을 나타내는 박 포교에게 맡기기 위해서 잠시 환요랑의 문제를 이용한 모양이야."

그 말을 끝으로 포장과 수부타이의 시선이 세영에게 돌

려졌다.

두 사람의 시선에 세영이 작게 한숨을 내쉬며 물었다.

"후~ 그럼 빼도 박도 못한다는 소리군요."

"그런 셈이지. 우리의 요청이 받아들여져서 환요랑의 탈출 사건을 문제 삼지 않았다 해도 이번 임무는 박 포교에게 떨어졌을 것이네. 좌포청의 포교는 박 포교 혼자이니까."

포장의 말이 틀린 소리가 아니니 변명이라 몰아붙일 수도 없었다.

"피할 수 없는 일이라면… 어쩔 수 없지요. 한데 그놈들을 꼭 잡아야 하는 겁니까?"

"못 잡으면 환요랑이 탈출한 죄를 묻겠다는 건 그대로니까."

답을 하는 포장은 미안한 표정이 역력했다. 그 부분만큼은 자신의 잘못이 크기 때문이다.

"하아~ 이거 참……."

깊어지는 세영의 한숨에 포장과 수부타이는 그의 눈치만 살폈다.

지금이라도 세영이 어사판관을 찾아가 다 불어 버리면 거짓 보고로 상관을 기망한 두 사람은 결코 무사할 수 없는 탓이다.

그런 두 사람에게 세영이 조심스럽게 물었다.

"한 가지 청을 드려도 되겠습니까?"

"청? 한 가지가 아니라 두 가지, 세 가지여도 상관없네."

포장의 답에 세영이 물었다.

"그놈들이 더 이상 활동만 하지 않는다면 죽이지 않아도 될는지요?"

"죽이지 않는다라… 아니, 왜?"

"그게… 죽이려면 힘도 들고…….."

세영의 말에 포장과 수부타이는 고개를 주억거렸다.

"하긴, 아무리 자네라도 놈들은 쉽게 상대할 수는 없겠지. 하면 활동하지 못하도록 만들 방법은 있는 겐가?"

"잘하면 가능은 할 듯합니다만."

세영의 답에 포장이 잠시 갈등하다 말했다.

"우린 상관없네. 하지만 어사판관께선 그걸 증명하길 원하실 걸세."

"증명이라… 살아 있는 놈들의 목을 가져올 수도 없는 노릇이고……. 혹, 확약서 같은 걸 써 오면 믿어 줄까요?"

세영의 물음에 포장이 고개를 저었다.

"그런 걸로 증명이 될 거라면, 모르긴 몰라도 하북삼흉이 썼다는 확약서가 한 해에도 수십 장씩 제출될 걸세."

포상을 받기 위해 거짓으로 확약서를 만들어 올리고, 나중에 진짜 하북삼흉이 누군가를 죽이면 그때 가선 그들이 자신과의 약속을 어겼다고 말하면 그만이기 때문이다.

그런 포장의 말에 세영이 한참 동안 고심하다 물었다.

"저기… 놈들을 좌포청에 근무시키면 어떨까요?"

"그 죄인들을?"

역시 관부인의 시각은 어쩔 수 없는 모양이다. 펄쩍 뛰는 포장에게 세영이 설명했다.

"죽이기도 쉽지 않고, 산 채로 잡아들이는 건 거의 불가능합니다. 하면 방법은 그놈들을 양지로 끌어내는 것뿐이지 않겠습니까? 그간 놈들이 벌인 일들을 참고하면 실력은 충분히 증명된 셈이니 포쾌로 쓰기엔 모자라지 않다고 생각합니다만……."

"실력만이라면 그렇지만… 그들이 지은 죄가……."

"놔두면 또 다른 고관을 노릴 겁니다. 요즘 이야길 들으니 우승상께서 위험하시다고……."

"흐음……."

자신의 말에 침음을 흘리는 포장에게 세영은 설득을 계속했다.

"자고로 뛰어난 적장도 전향하면 크게 쓰는 것이 몽고의 방식이라 알고 있습니다. 그런 면에서 볼 때 골칫거리를 선도하여 조정에 보탬이 되게 하는 것도 좋은 방법이 아니겠습니까?"

그 말에 포장의 고개가 끄덕여졌다.

"그야 그렇지만……."

그런 포장에게 수부타이가 슬그머니 권했다.

"한번 청이라도 넣어 보시지요?"

"어사판관께 말인가?"

"예, 물론 어사판관께서도 어사대부(御史大夫)께 승인을 받아야 할 테지만 말입니다."

그뿐은 아닐 것이다. 어사대부는 다시 전장으로 떠난 쿠빌라이를 대신해 정사를 맡고 있는 우승상에게서 승인을 받아야 할 것이다.

"흠……."

잠시 고심하던 포장이 세영에게 물었다.

"허락이 떨어지면 분명 그리 만들 수는 있겠는가?"

"모가지를 비틀어서라도 만들어 보이겠습니다."

"아직까진 자네가 말해서 이루어지지 않은 것이 없으니 내 그 말을 믿지."

그 말을 남겨 두고 자리에서 일어서는 포장에게 수부타이가 물었다.

"곧바로 가 보실 요량이십니까?"

"길게 시간을 끌어서 좋을 것은 없으니까."

그렇게 집무실을 벗어나는 포장을 따라 수부타이와 세영도 우포청을 나섰다.

❈   ❈   ❈

포장으로부터 연락이 온 것은 그로부터 나흘이 지나서였다.

"오셨습니까?"

자신의 집무실로 들어서는 포장을 맞은 수부타이가 상석을 비우고 내려앉았다.

비워진 상석에 앉은 포장이 마침 함께 있던 세영을 바라보았다.

"그렇지 않아도 부르려던 참인데 시간을 절약하게 되었군."

"명하실 일이라도……."

"어사판소에서 허락이 떨어졌네. 정확히는 우승상의 승인이지. 놈들, 하북삼흉을 전향시킬 수만 있다면 개봉 좌포청에 근무시켜도 좋다는 교서가 내려졌네."

포장의 말에 수부타이가 놀란 표정으로 말했다.

"청해 보시라 말씀을 올리면서도 설마 했는데… 우승상께서 고심이 크셨던 모양이군요."

"이야길 들으니 다른 대소 신료들도 거의 반대가 없었다더군. 놈들이 다시금 살행만 나서지 않는다면 조건이나 형식은 전혀 상관없다는 식의 말까지 나온 모양일세."

"어지간히 두려웠던 모양이군요."

"그럴 수밖에… 자- 자네가 원하던 대로 허락이 내려왔네. 말만으로 끝나서는 안 된다는 것쯤은 알 것이라 믿네."

시선을 돌려 자신을 바라보는 포장의 말에 세영이 고개를 끄덕였다.
"여부가 있겠습니까? 최대한 빠르게 마무리 짓겠습니다."
"내 박 포교만 믿네."
포장의 말에 세영은 희미한 미소를 지어 보였다.

그날 세영은 자신과 함께 사는 이들을 불러 모아 놓고 그 이야기를 했다.
"놈들을 포쾌로 쓴다고?"
"그래."
"우리의 전례가 있으니 전혀 안 된다고는 못하겠지만… 그놈들이 말을 들을까?"
황렬의 걱정에 양후도 고개를 끄덕여 동의를 표했다.
"그들의 그간 행적을 감안하자면 내 생각에도 구부릴 것 같진 않소만."
두 사람의 걱정에 세영이 거패에게 물었다.
"네 생각은 어때?"
"말로 설득하실 생각이십니까?"
"처음엔 그렇겠지만 정히 안 되면야……."
뒷말을 흐리며 비틀린 미소를 그리는 세영에게 거패가 어깨를 으쓱여 보였다.
"그럼 답은 나온 거네요."

그 말에 막야도 고개를 끄덕였다. 그런 두 사람의 반응에 황렬이 물었다.
"도대체 무슨 소리야?"
"무슨 소리긴, 술과 매 앞엔 장사 없다는 말이지."
세영의 말에 황렬과 양후의 고개가 동시에 저어졌다.
"폭력으로 뜻이 꺾일 만한 이들이라면 그런 일은 안 하겠지. 그리고 그렇게 꺾이기엔 너무 경지가 높기도 하고."
황렬의 말에 세영이 거패에게 다시 물었다.
"네 생각은?"
"어쩌면 안 패도 될 거예요. 그냥 한 사나흘 푹 담가 놓으면… 아시죠?"
거패의 말에 세영이 피식 웃었다.
"하긴 그쪽은 이축이 전문가더라. 정히 안 되거든 녀석에게 한번 맡겨 보지, 뭐."
세영의 답을 황렬과 양후는 알아듣지 못한 표정이었다.
그래도 상관없었다. 굳이 저들을 이해시킬 생각까진 없었으니까.
"일단 출장 준비해."
"출장……?"
"그럼 개봉에 앉아 있으면 놈들이 알아서 기어 온다데?"
"아!"
"아는 무슨… 내일 출발할 거니까 준비해 둬."

세영의 말에 막야가 조심스럽게 물었다.

"저기… 저도 꼭 가야 하는 겁니까?"

"왜, 못 갈 일이라도 있어?"

"그게… 요새 안사람이 부쩍 외로움을 타서……."

"그치? 초련, 아니 내 부인도 그렇다니까. 그러니 나도 좀 빼……."

"아주 다른 곳으로 발령 내 줄까? 감숙 어때? 날씨 더럽고, 땅 척박하고, 아주 끝내준다는데. 거기서 독수공방 한번 해 볼래?"

세영의 윽박질이 끝나기 무섭게 황렬의 고개가 저어졌다.

"…면 안 되지. 사람이 맡은 소임은 다 해야 하는 거거든. 그래야 부인한테 존경도 받고. 그치?"

황렬의 물음에 막야가 황급히 고개를 끄덕였다.

"그, 그럼요. 그래서 저도 간다고 말씀드리려던 참입니다. 가야죠! 일인데 안 가는 놈이 나쁜 놈입죠. 암요!"

막야의 말이 끝나기 무섭게 양후가 조심스럽게 말했다.

"그럼 나라도 빠지면… 난 감숙도 괜찮소만."

솔직히 세영한테 구박받고 사는 것보다는 감숙의 난주 좌포청으로 가서 그곳을 휘어잡고 사는 게 더 편할 듯싶었던 것이다.

그런 속내의 양후에게 세영이 말했다.

"오~ 그래? 그럼 보내 줄게. 거기다 넌 철가방주의 안면도 있으니까 좀 가까운 곳에 자리를 알아봐 주지."

웬일인지 호의를 베푸는 세영의 말에 양후가 반색을 했다.

"그러면 어디로……?"

"낙양. 그쪽 포청에서 우리 포장한테 매일같이 지원 요청을 한다더라. 이참에 널 파견시켜서 아주 쭈욱……."

"내, 내가 생각이 짧았소. 생각해 보니 난 개봉 체질이오. 철가방이 있는 남소보다 여기가 더 좋다는 생각도 하고 있었다오."

낙양은 백도맹이 자리한 곳이다. 그 말은 백도의 고수가 낙양에 지천으로 깔렸단 뜻이다.

그런 곳으로 마도인인 양후가 들어선다면… 목숨을 내놓아야 하는 건 둘째치고, 자칫 백도맹을 향한 마도의 공격으로 오인받을 수도 있었다.

어찌어찌 마련과 백도맹의 싸움까진 가지 않는다 해도, 그 대가로 자신이 속한 철가방은 풍비박산이 날 공산이 높았다.

포청의 관인이라 어쩔 수 없이 배치되어 왔다는 설명은 되도 않는 변명쯤으로 치부될 테니까 말이다.

"확실해?"

"여, 여부가 있겠소. 내 아주 개봉에 뼈를 묻을까 생각 중이라오."

그 소란을 고스란히 지켜본 거패는 반쯤 들었던 손을 슬그머니 내려야만 했다.

그렇게 적극적인(?) 동의를 받아 낸 세영이 막야에게 명했다.

"참! 그 자식 좀 잡아 와."

"그 자식이면 누구……?"

"왜, 있잖아. 도망간 놈 뒤꽁무니 잘 쫓는 놈."

"아! 백울 말씀이시군요?"

"그래, 그놈."

"한데 그자는 왜……?"

"너, 하북삼흉이라는 놈들 어디 있는 줄 알아?"

"그야 모르죠."

"그럼 우리가 놈들을 잡으려면 뭐가 필요하겠냐?"

그제야 세영의 의도를 알아차린 막야가 고개를 끄덕였다.

"아! 아, 알겠습니다. 곧바로 데려오겠습니다."

"곧바로까지는 필요 없고, 내일 사시초(巳時初:오전 9시)까지 좌포청으로 나오라고 해. 혹시 도망가면 아예 껍데기를 벗겨 버릴 거라고 말해 두고."

"예!"

크게 답한 막야가 나가자 세영이 집무실로 돌아갔다. 그렇게 셋만 남자 양후가 황렬에게 물었다.

"잡을 수 있겠소?"

"저치가 칼 들면 어떤지는 너도 잘 알잖아."

"그야… 하지만 반항이 강하면……?"

"그러니 우리를 데려가려는 거겠지. 놈들한테 당할까 두려워 우릴 데려갈 작자는 아니니까."

황렬의 말에 양후가 고개를 끄덕였다.

"하긴……."

두 사람의 말에 거패가 물었다.

"한데 대인이 칼도 씁니까?"

"그럼 장식으로 허리에 매달고 다녔겠냐?"

황렬의 투박한 답에 거패가 뒷머리를 긁적였다.

"그야… 근데 박 포교님이 칼을 꽤 잘 쓰나 보죠?"

"이건 그냥 내 생각이다만 저치가 칼을 쓰면 아마 낙양에서 포교 짓 해 먹어도 문제없을 거다."

그 말은 백도맹조차 건드릴 수 없다는 뜻과 마찬가지였다.

"에이… 설마요."

믿지 못하는 거패의 음성에 황렬은 아무 말도 덧붙이지 않았다.

거패는 자신의 지적에 허풍을 들킨 황렬이 무안했기 때문이라고 생각했지만, 그는 자신의 곁에 서 있던 양후조차 황렬의 말에 아무런 토도 달지 않았다는 것을 미처 눈치채지 못했다.

제47장
하북삼흉

좌포청으로 등청하는 세영의 얼굴에는 피곤한 표정이 역력했다.

그런 세영에게 좌포청 정문에서 마주친 기룡이 걱정스레 물었다.

"저기… 몸이라도 불편하신 겁니까?"

"왜?"

"피곤해 보이십니다."

"잠을 못 자서 그래."

"어제 야간 순찰 도셨습니까?"

"야간 순찰은 무슨… 잠을 못 잤다니까."

"아니, 왜……?"

"시끄러워서."

때마침 다가오는 거패와 양후의 표정도 피곤으로 가득했다.

"아니, 두 분은 또 왜……?"

같은 포쾌라도 '분'이라 칭할 수밖에 없는 이들이기에 포쾌들의 우두머리인 기름은 세영과 함께 사는 이들에게 깍듯이 존대를 했다.

"잠을 못 잤어."

세영과 같은 답이다.

"혹시 어제 집에 무슨 일이라도 있으셨습니까?"

기름의 물음에 세영과 양후, 그리고 거패가 뒤를 돌아보았다.

그들의 시선이 닿은 곳엔 황렬과 막야가 무엇이 좋은지 낄낄거리며 걸어오고 있었다.

"거지 같은 새끼들."

"내 참, 장가 못 간 놈 서러워서……."

"카악- 퉤! 내 오늘 보쌈을 해 오든지 해야지, 원."

도무지 무슨 소린지 알아듣지 못하는 기름을 스쳐 지나가며 황렬과 막야가 저희들끼리 떠들어 댔다.

"며칠 출장 간다고 해서 그런지 아주 죽여줬다니까."

"하긴, 형님 방에서 나는 소리에 자극을 받았는지 우리 유린이가 아주 적극적이었다는 거 아닙니까. 크크크."

"어쩐지, 들리는 소리가 평소와 달리 아주 색다르더구먼. 낄낄낄."

자신들을 지나쳐 좌포청 안으로 들어서는 두 사람의 뒤에서 세 독신 동거인들의 분노가 터져 올랐다.

"에이, 빌어먹을!"

"더러워서 장가간다, 장가가!"

"카아아아아악- 퉤!"

그제야 무슨 상황인지 이해한 기름의 얼굴이 붉어졌다.

투덜거리며 포청으로 들어서던 세영의 눈에 낯익은 이가 보였다.

"찾으셨습니까, 대인."

쪼르르 달려와 고개를 숙이는 사내는 추노꾼 백울이었다.

"아! 일찍 왔네."

"대인께서 찾으시는데 소인이 어찌 게으름을 피우겠습니까."

눈에 빤히 보이는 아부에 세영은 피식 웃었다.

"자세는 좋네. 그나저나 왜 부른 건지 이야기는 들었나?"

"못… 들었는뎁쇼."

"쫓을 놈들이 있다."

세영의 말을 들은 백울의 표정에 당황감이 떠올랐다. 이

하북삼흉 • 169

전처럼 말도 안 되는 자를 쫓으라는 명을 내릴까 두려웠던 까닭이다.

"누, 누구를……?"

"하북삼흉."

"히, 히끅!"

느닷없이 딸꾹질을 하는 백울에게 세영이 물었다.

"왜 그래?"

"노, 농담, 히끅! …이시죠?"

"아닌데."

세영의 답이 떨어지기 무섭게 백울이 바짝 엎드렸다.

"사, 살려, 히끅! …주십시오."

"난데없이 뭔 소리야?"

"하, 하북, 히끅! 삼흉이 살려 두지, 히끅! 않을 겁니다요."

백울의 눈물 어린 호소를 세영은 간단하게 무시해 버렸다.

"아니, 걔들은 널 살려 둘 거다."

"어찌, 히끅! 아십니까요?"

"널 죽이기 전에 잡아들일 거거든."

그 말에 백울이 반응을 보이기 전, 세영이 막야를 불렀다.

"야- 막 포쾌!"

"예!"

"이 자식 챙겨라. 그리고 황 포쾌, 애들 모아라. 출장 가자!"

세영의 고함에 포반으로 향하던 막야와 황렬, 그리고 양후와 거패가 신형을 돌려 그의 주위로 모여들었다.

※ ※ ※

몽고가 중원 땅에 들어온 이래 하북은 급속한 발전을 이루고 있었다. 쿠빌라이가 하북의 개평을 수도로 삼은 까닭이다.

그 개평에 백울을 앞세운 세영과 일행이 들어서고 있었다.

"좌승상네 집이 어디냐?"

세영의 물음에 일행은 서로를 바라볼 뿐이었다.

"뭐야, 아무도 몰라?"

"그런 건 인솔자가 알아야 하는 거 아니냐?"

퉁명하게 대꾸하는 황렬을 바라보며 세영이 웃긴다는 표정을 지었다.

"내가 해 주고 싶은 말이다. 그런 건 아랫것들이 챙겨야 하는 거 아니냐?"

아랫것이라는 표현에서 황렬의 표정이 구겨졌지만 달리

사족을 달진 않았다. 달아 봐야 좋은 소리 듣지 못할 게 뻔하니까.

결국 일행들이 객잔에서 쉬는 동안 막야가 좌승상의 집을 수소문했다.

그렇게 내몰린 막야가 돌아온 것은 기다리던 국수가 막 나왔을 때였다.

"벌써 찾았어?"

"사람들한테 물었더니 금방 알려 주던데요?"

"사람들한테 물었다고?"

"예."

막야의 답에 인상을 구긴 세영이 일어섰다.

"뜨자."

"아니, 왜?"

이제 막 국수를 한 젓가락 뜨던 황렬의 물음에 세영이 답했다.

"자객한테 죽은 좌승상집을 묻는 놈이 있어. 너라면 어쩌겠냐?"

"뭘 어째? 그냥 그런가 보다 하면 되는 거지."

"멍청한……."

세영의 핀잔이 끝나기 무섭게 백울이 일어섰다.

"서둘러야 합니다."

"그래도 네가 제일 똑똑한 모양이다. 가자."

"저, 저분들은……?"

"냅둬, 국수 한 그릇보다 콩밥이 나을 테니."

세영의 말에 뭔가를 짐작한 양후와 거패가 일어섰고, 끝에 가선 못마땅한 표정의 황렬도 따라나섰다.

그렇게 일행이 떠난 직후, 일단의 군사들이 객잔으로 들이닥쳤다.

먼발치에서 그 모습을 본 황렬이 의아한 표정으로 물었다.

"쟤들 왜 저러냐?"

"좌승상 살해범에게 걸린 현상금이 자그마치 금자 십만 냥이다. 의심스러운 놈이 그런 좌승상 집을 물었다. 질문을 받은 사람이 어디로 갈 것 같냐?"

"뭐야, 그럼. 발고를 했단 말이야?"

"맞으면 좋고, 틀려도 상관없는 일인데 망설일 이유가 없지."

황렬에게 이유를 설명해 준 세영의 시선이 막야에게 향했다.

"내가 사람들한테 물어볼 줄 몰라서 널 보냈겠냐?"

"소, 송구합니다."

고개를 푹 수그리는 막야를 한심하게 바라보며 세영이 물었다.

"그나저나 위치는 어딘데?"

"금양로 동쪽 끝에 위치한 거대한 장원이랍니다."
"가자."
말이 떨어지기 무섭게 신형을 돌리던 세영이 멀뚱히 서 있는 막야에게 물었다.
"뭐해, 앞장서지 않고?"
"그, 그게… 금양로가 어디인지 먼저 알아보고……."
"에라이-"
퍽-
그날 일행을 안내한 것은 결국 백울이었다.

금양로 동쪽 끝, 얼핏 보기에도 2백 칸은 훌쩍 넘어 보이는 거대한 장원을 세영을 비롯한 일행들이 바라보고 서 있었다.
"여기가 확실해?"
"현판에 쓰인 금홍장… 확실합니다, 대인."
백울의 답에 현판을 확인한 세영이 고개를 끄덕였다.
"좋아, 그럼 추적을 시작할까?"
"시간이 오래 지난 탓에 흔적들이 희미해졌지만… 일단 고수의 흔적을 찾아보겠습니다."
"그래, 찾아봐."
세영의 답에 백울이 장원 주변을 빨빨거리며 돌아다니기 시작했다.

좌승상이 살아 있을 때라면 경비를 서는 병사들 때문에 불가능했을 일이지만, 주인이 죽은 장원은 마치 텅텅 비어 있는 집처럼 느껴질 정도로 한산했다.

한참 동안 주변을 뒤지던 백울이 잔뜩 긴장한 모습으로 세영에게 돌아왔다.

"찾았나?"

"하북삼흉의 것인지는 명확치 않습니다만… 상당한 고수의 흔적을 찾았습니다."

"그럼 앞장서."

세영의 말이 떨어지기 무섭게 백울이 움직였다.

※　　※　　※

백울은 때론 땅을 긁고, 때론 풀을 뒤적이며 천천히 움직였다.

어쩔 땐 10여 장 움직이는 데 반시진이 걸린 적도 있고, 때론 10여 리를 숨도 안 쉬고 달린 적도 있었다.

그렇게 백울이 거의 이틀을 소모해서 도착한 곳은 우습게도 개평 시내 한복판이었다.

"뭐냐?"

"그, 그게… 흔적이 외부를 빙 둘러 다시 들어온 터라……."

당황하는 백울의 답에 세영이 못마땅한 표정을 지었다.

"일단 여기 있는 건 확실해?"

"들어간 흔적은 있지만 나간 흔적은 없습니다."

백울의 답에 세영이 두말 않고 움직였다.

쾅-!

발길질 한 번에 문 전체가 무너졌다.

그 안으로 황렬과 양후를 앞세우고 일행이 들어섰다.

"웬 놈이냐?"

큰 칼을 찬 무사들이 사방에서 쏟아져 나왔다.

"뭐해! 꿇어앉혀!"

세영의 외침에 잠시 멈칫거렸던 황렬과 양후, 그리고 거패가 사방으로 뛰었다.

"커헉!"

"으악!"

곧바로 비명들이 난무하며 무사들이 쓰러져 갔다.

그 난리 통 속에서 막야와 백울은 세영의 뒤에 꼭 붙어 있었다.

"뭐하냐?"

세영의 물음에 막야가 어설프게 웃었다.

"아하하… 나서 봐야 별 도움도 안 될 듯싶고……."

막야의 장기가 정면 대결이 아니기 때문이다.

그걸 알기에 더 이상 말은 안 했지만, 그를 바라보는 눈빛에 못마땅함이 실리는 것은 어쩔 수 없었다.

그렇게 세영이 막야를 돌아보던 때, 강력한 폭음이 전각 안쪽에서 터져 나왔다.

쾅-!

폭발력이 얼마나 컸던지 전각 하나가 통째로 주저앉았다. 그 여파로 장내의 싸움도 멈춰졌다.

그리고 잠시간의 침묵이 요란한 기침 소리로 인해 깨졌다.

"콜록, 콜록! 어떤 시러베아들놈의 새끼야!"

황렬의 음성이었다. 가장 먼저 뛰어들더니 가장 깊숙이 들어갔던 모양이다.

뿌옇게 일어난 먼지가 가라앉자 엉망이 된 황렬의 모습이 보였다.

어깨와 머리에 앉은 먼지를 툭툭 털며 나서는 그의 뒤에서 뭔가가 번쩍인 건 바로 그때였다.

"뒤!"

거패의 경고가 떨어지는 순간과 거의 동시에 회전한 황렬의 신형이 강렬한 충격음과 함께 뒤로 내팽개쳐졌다.

쾅-!

우당탕탕!

그렇게 나동그라진 황렬을 쫓아 달려드는 빛줄기를 어느새 튀어 나간 거패의 도끼가 막아섰다.

깡-!

백대고수라 불리지는 못하지만 거의 근접했다는 평가를 받는 거패다.
　그리고 그는 충분히 그런 평가를 받을 만한 능력을 가진 고수다.
　한데 그런 거패가 도끼를 놓쳤다.
　황당, 놀람, 당황이 마구 뒤엉킨 표정으로 넋을 놓은 거패를 향해 빛줄기가 쇄도했다.
　땅-!
　짧고 강한 쇳소리와 함께 빛줄기가 튕겨 올랐다.
　그렇게 속도를 잃고 허공으로 치솟은 빛줄기가 정체를 드러냈다.
　"쇠구슬?"
　어이없는 거패의 음성을 밟으며 그의 앞을 막아섰던 세영이 천천히 나섰다.
　"개작태 그만 떨고 나오지?"
　세영의 말에 안쪽에서 허허로운 음성이 흘러나왔다.
　"개작태라… 허허허!"
　웃음을 따라 모습을 드러낸 이는 하얀 수염을 탐스럽게 기른 노인이었다.
　한데 그렇게 모습을 드러낸 이가 그리 평범한 노인은 아니었던 모양이다.
　뒤에 서 있던 막야와 백울이 동시에 경악성을 토했으니까.

"철환신왕(鐵丸迅王)!"

"철환신왕? 그게 뭔데?"

세영의 물음에 거패가 중얼거렸다.

"시, 십대고수……."

철환신왕 당홍.

사천당가의 태상가주인 그에게 따라다니는 호칭은 거패가 중얼거린 대로 십대고수였다.

물론 그 이름의 가장 말단에 올라 있긴 해도, 분명 그는 중원 무림을 통틀어 가장 강력한 10명의 고수 중 1명이었다.

거패의 말에 세영의 시선이 노인에게 향했다.

"정말이야?"

"말투가 신선한 젊은이로군."

"묻는 말에 아직 답 안 했다."

세영의 말에 노인, 당홍이 피식 웃었다.

자신의 앞에서 저리 천둥벌거숭이처럼 날뛰는 놈은 오랜만이었던 까닭이다.

"동도들이 노부를 그리 부르긴 하지. 하지만 내 별호는 따로 있다네."

노인의 말에 이번에도 거패가 중얼거렸다.

"당가암왕(唐家暗王)……."

"그렇지, 그게 내 별호라네."

당가의 암기 왕. 그렇다고 당가 최고의 절기라는 만천화우를 연성해 낸 사람은 아니다.

더욱이 단혼사나 육혼망, 귀황령 같은 당가 비전의 암기를 사용하는 것도 아니다.

당홍이 사용하는 것은 단순한 쇠구슬이다. 이름하여 철환.

하지만 그 단순한 쇠구슬이 그의 손에 들어가면 세상에서 가장 무서운 암기가 된다. 그래서 붙여진 이름이 암기의 왕, 암왕이었다.

"그런 사람이 여긴 왜?"

세영의 물음에 당홍이 어깨를 으쓱여 보였다.

"그건 내가 묻고 싶은 건데? 당가의 하북 분가엔 무슨 일이지?"

어지간하면 이런 거 묻고 있을 시간에 목부터 따고 볼 일이었다.

하지만 자신의 철환을 가볍게 막아 낸 상대다.

그런 이가 젊기까지 하니 당홍으로서도 가볍게 볼 수 없었다.

"당가의 하북 분가? 여기가?"

"그 표정은 뭔가? 설마 모르고 들어왔다?"

"그게……."

뒷말을 흐리며 세영은 백울을 돌아봤다. 그 시선에 백울은 울상을 지어 보였다.

"혀, 현판이 없어서……."

"그럼 관부의 안마당에 버젓이 세가의 이름을 달란 말인가?"

당홍의 말에 잠시 그를 바라보던 세영이 백울에게 물었다.

"흔적, 확실히 이곳으로 들어온 거 맞지?"

"그, 그건 확실합니다요, 대인."

백울이 세영에게 붙인 호칭에 당홍의 눈에 이채가 어렸다.

"대… 인?"

"아! 개봉 좌포청의 관인들이니까. 그나저나… 하북삼흉 알지? 여기에 있나?"

세영의 물음에 당홍의 눈이 커졌다.

"하북삼흉을 왜 여기에서……?"

"다 알고 왔으니까 의뭉 떨지 말고 내놓지?"

"의, 의뭉……."

기가 막혔다. 자신에게 의뭉 떨지 말란 표현을 쓸 존재가 있으리라곤 생각도 못해 봤으니까.

한데 기가 막혀서 말문이 막힌 걸 세영은 다르게 보았던 모양이다.

"왜, 찔려? 그래서 대답도 못하겠어?"

"흐음… 하북삼흉은 이곳에 없네."

"웃기지 마. 우리가 왜 이곳으로 왔는 줄 알아? 바로 놈들의 흔적을 따라온 거거든."

"흔적? 무슨 흔적?"

"좌승상의 집에서 이곳으로 움직인 하북삼흉의 흔적."

세영의 답에 잠시 무언가를 생각하던 당홍이 물었다.

"확실히 하북삼흉의 흔적이 맞나?"

"당연하지."

확언하는 세영을 백울이 조심스럽게 불렀다.

"저기… 대인……."

"왜?"

"처음부터 말씀드렸지만 하북삼흉의 것인지는 명확치 않고… 상당한 고수의 흔적을 찾았노라고……."

백울의 말에 세영의 표정이 굳었다.

"무슨 소리야! 그리고 네가 언제?"

세영의 말에 백울이 억울하다는 표정으로 주변을 둘러보았다.

"제 말씀 못 들으셨습니까?"

백울의 물음에 주변에 서 있던 황렬과 양후, 거패, 거기다 막야까지 딴 곳을 바라보았다. 그것이 말하는 건 하나뿐이다.

"빌어먹을! 영감, 좌승상네 집에 간 적 있어?"

"며칠 전에."

"거기서 뭐 찾아 먹을 게 있다고 가나!"

버럭 성질을 부리는 세영을 당홍은 멍하니 바라보았다. 그런 당홍을 사납게 노려보던 세영이 거칠게 신형을 돌렸다.

"가자!"

세영의 말에 돌아가자는 말만 기다리던 일행이 재빨리 돌아섰다.

그런 이들을 향해 당홍의 음성이 들려왔다.

"이보게."

"왜?"

"이 난리를 쳐 놓고 그냥 간단 말인가?"

박살 난 채 흩어진 정문과 주저앉은 전각은 둘째치고, 상처를 입고 여기저기 쓰러진 무사들이 보였다.

그 모습을 보며 잠시 움찔했던 세영이 고개를 빳빳이 들었다.

"그래서, 어쩌라고?"

"사과는 해야 할 게 아닌가?"

"사, 사과는 무슨… 에이!"

척-!

"잘못 판단한 본인의 죄요. 사과드리니 용서하여 주시오!"

절도 있게 포권을 취한 세영의 말에 잠시 당황했던 당홍이 이내 피식 웃어 보였다.

"용서는 우습고, 내 요구 하나를 들어주면 없던 일로 치지."

"요구? 무슨 요구?"

언제 정중했냐 싶게 물어 오는 음성이 삐딱했다. 그런 세영에게 당홍이 말했다.

"잠시 둘이서만 대화를 좀 나눠 볼 수 있겠나?"

말이 떨어지기 무섭게 황렬과 양후가 세영의 곁에 섰다. 반대를 행동으로 나타낸 것이다.

그런 둘을 바라보며 당홍이 웃었다.

"백대고수급이 둘이라… 아니지, 뒤에 선 친구도 엇비슷하니, 셋인가?"

한눈에 세 사람의 경지를 알아보는 당홍에게 세영이 물었다.

"나랑 무슨 얘기를 하려고?"

"겁낼 사람으론 안 보이고… 잠시면 되네."

당홍의 말에 앞으로 나서는 세영의 팔을 황렬이 잡았다.

"왜?"

자신을 바라보는 세영에게 황렬은 고개를 저어 보였다.

"십대고수야. 아무리 너라도……."

"지랄."

황렬의 제지를 벗어난 세영이 당홍을 따라 장원 안으로 들어가 버렸다.

남겨진 일행과 당가의 무사들이 난감한 표정으로 서로를 바라보았다.

방금 전까지 피 튀기며 싸우던 사이니 미소를 지을 수는 없는 노릇이고, 그렇다고 경계를 풀고 편히 앉기에도 불편했다. 그러니 대치하고 있을 수밖에.

그런 대치 상태로 이각 정도 흘렀을 때였다.

"빌어먹을 영감탱이! 이게 얼마짜린데."

툴툴거리며 안쪽에서 걸어 나오는 세영의 몰골은 말이 아니었다. 입고 있는 옷에 성한 곳이 하나도 없었던 것이다.

그 모습을 보고 놀란 황렬이 다가왔다.

"괜찮냐?"

"네 눈엔 이게 괜찮은 걸로 보이냐?"

"그, 그건 아니다만……."

"그런데 왜 물어!"

뭣 때문인지는 몰라도 잔뜩 부아가 난 듯 세영은 짜증을 부려 댔다.

하긴 끌려가서 험한 꼴을 당했는데 부아가 치밀지 않으면 그것도 말이 안 되었다.

그걸 이해했던지 황렬이 고개를 내저으며 돌아서려는 순

간, 안쪽에서 당홍이 모습을 드러냈다. 한데 그 모습이······.
"태, 태상가주!"
 놀란 당가의 무사들이 당홍의 주위로 몰려들었다.
 그도 그럴 수밖에 없는 것이 당홍의 앞섶이 길게 베어진 데다 은은하게 피까지 비치고 있었던 것이다.
 그의 모습과 세영을 번갈아 바라보던 황렬의 눈이 커졌다.
"너, 너······."
"시끄러! 이 염병할 놈의 집구석엔 한시도 있고 싶지 않으니까 얼른 가자고."
 저만치 앞서 가는 세영을 따라 뛰어가는 황렬과 일행을 당홍은 당황스런 시선으로 바라보고 있었다.

꽃 　 꽃 　 꽃

 당가의 하북 분가로부터 일각 정도 떨어진 골목 안.
"우웩-"
 연신 피를 토하는 세영을 황렬과 일행이 걱정스런 표정으로 바라보고 있었다.
"괜찮은 거냐?"
"이게 괜찮은 거 같아? 왜 자꾸 말 시키··· 우웩-"
 피를 토하면서도 세영은 방금 전 당홍과 있었던 비무를

떠올렸다.

 무인의 대화는 손으로 하는 거라며 다짜고짜 치고 들어오는 당홍에 맞서 세영은 처음부터 검을 꺼내 들었다.

 그러지 않고서는 막아 낼 수 없다는 걸 알고 있었으니까.

 순식간에 공방이 흘러가고, 10개의 철환까지는 어찌어찌 막아 냈다.

 하지만 당홍이 부리는 철환의 수가 12개로 늘어나는 순간 방어는 더 이상 불가능했다.

 결국 방어를 포기하고 공격을 선택한 세영의 검이 허공을 갈랐다.

 4개의 철환은 허공에서 베고, 5개는 전신을 치고 지나가도록 내버려 두었다. 그리고 3개의 철환은······.

 생각하던 세영의 입가에 미소가 깃들었다.

 암영(暗影), 난예의 하나다. 이건 난예 중에서 최고난도의 무예였다.

 주요 대상은 어기어검 내지는 허공섭물이다.

 몸과 떨어진 물체를 움직이기 위해 상대가 뿜어낸 강기나 내력을 중간에 잘라먹고 그 무기를 가로채는 수법이다.

 당해 본 사람은 알지만, 그거 굉장히 열 받고 당황스럽다.

 버젓이 자신의 명령으로 날아가던 검이나 쇠구슬이 느닷없이 방향을 돌려 자신에게 달려드는 상황이니까.

당홍도 마찬가지였다. 그때의 표정이란……

"크크크."

그 짧은 당황을 놓치지 않고 검을 쳐 냈다.

뭐, 제대로만 걸렸으면 황천으로 보낼 수 있었는데, 빌어먹을 영감탱이가 눈치 하나는 기가 막혔다.

어찌나 빠르게 물러서는지 앞섶과 피륙만 살짝 베었을 뿐이었다.

놀라서 동그랗게 뜨고 있는 당홍의 눈을 바라보며 비웃어 준 세영은 뒤도 안 돌아보고 그곳을 벗어났다.

무서워서라기보다는 몸으로 받은 5개의 철환이 준 충격이 고스란히 몸속을 헤집고 있었기 때문이다.

그 충격의 피해가 지금 뱉어 낸 피였다.

"미친놈도 아니고 피 토하면서 웃기는……"

핀잔을 주면서도 황렬은 속으로 꽤나 놀라고 있었다.

제아무리 말석이라도 상대는 십대고수다. 그런 무지막지한 인사를 상대로 일순간이지만 우세를 점했다.

그것만으로도 자손만대까지 자랑으로 삼아도 좋을 일이었다.

그런 이들을 바라보며 막야가 걱정스럽게 물었다.

"우리, 여기에 이렇게 있어도 되는 걸까요?"

하긴 안심하기엔 당가의 하북 분가가 너무 가까웠다.

"옮길까?"

황렬의 물음에 입가의 피를 소매로 닦은 세영이 고개를 끄덕였다.
"그래야지. 영감탱이 쫓아오면 골치 아프니까."
그 말이 끝나기 무섭게 세영을 앞세운 일행이 바쁘게 발을 놀렸다.

당가 하북 분가의 한 전각.
"괜찮으십니까?"
분가주의 물음에 당홍이 어이없는 웃음을 흘렸다.
자신이 붕대를 감고 이런 질문을 받으리라곤 생각도 못해 봤으니까.
"뭐, 그럭저럭."
"어찌… 추적대를 보내올지……?"
"관인을 추적해서 뭐하게?"
"하오나 벌어진 일이……."
"되었다. 설사 추적에 나선다 해도 화만 입을 뿐이고……."
당홍의 말에 분가주는 아니라고 말할 수 없었다.
천하의 당홍이 나서서 상처를 입은 상대였다.
그건 분가의 고수들로는 애초부터 상대가 안 된다는 이야기다.
"하오면……?"
분가주의 물음에 당홍이 반문으로 답을 대신했다.

"죽은 자는?"

"없습니다. 중상자가 더러 있긴 하지만 몇 달 정양하면 나을 정도입니다."

"그럼 그냥 덮어."

당홍의 결정에 잠시 머뭇거리던 분가주의 고개가 숙여졌다.

"예, 태상가주님."

"가주한테 이를 생각 말고."

당홍의 말에 분가주가 겸연쩍은 표정으로 고개를 조아렸다.

"명을 받습니다."

그런 분가주에게 당홍의 말이 이어졌다.

"그리고… 그놈에 대해서 좀 알아봐."

그놈이 누구인지는 굳이 지목하지 않아도 알 수 있을 듯했다.

"내일까지 보고서를 올리겠습니다."

"기다리지."

"예. 하오면 쉬십시오."

고개를 조아리며 분가주가 물러가자 홀로 남은 당홍이 헛웃음을 지었다.

"천하의 이 당홍이 그 새파란 놈한테 가슴을 내주었다?"

정말 아슬아슬했다. 촌음만 늦었더라도…….

솜털이 일어서는 상상에 당홍의 머리가 내저어졌다.
'어디서 그런 놈이…?'
당홍의 관심이 이름 없는 포청의 관원에게 쏠렸다.

제48장
진퇴양난

분가주가 가져온 보고서를 읽은 당홍이 물었다.
"이걸 나한테 믿으라고?"
"저도 믿기지 않아서… 개방에 다시 확인한 것입니다."
"개방이 인정했단 말인가? …이걸?"
'개방의 방주가 납치되었던 일을?'이라는 생략된 당홍의 물음을 알기에 분가주는 곤혹스러운 표정을 지으며 답했다.
"예, 모두 사실이라고 인정했습니다."
"허, 허허, 허허허!"
남은 건 자존심 하나뿐이라는 개방이 인정했다면 나머지도 다 사실이란 소리였다.

마도십팔마, 그 빌어먹을 인사들 중 뉘마가 당했다.

꼴도 보기 싫은 놈이지만 그놈의 무위만큼은 당홍도 인정하는 바였다.

한데 그런 작자가 잡혀 들어갔었단다.

뿐인가? 소림의 금강수좌승과 호원주까지도 옥고를 치렀다니, 이건 정말 믿기 어려운 소리들뿐이었다.

"거기다 꿩마랑 철가방의 좌야장이 수하가 되었다?"

"수하라기보다는 포쾌가 되었다고……."

포쾌가 포교의 수하이니 그 말이 그 말이다.

그러고 보면 곁에 있던 이들이 백대고수급이 아니라 정말로 백대고수였던 것이다.

"한데 함께 온 놈들은 셋이었는데, 왜 하나가 비지?"

"그게… 한 사람은 거패라고… 천중채의 전 채주였답니다."

분가주의 답에 당홍이 고개를 갸웃거렸다.

"천중채?"

"녹림십팔채의 하나입니다."

"푸하하하! 녹림왕, 그 도둑놈이 그냥 두고 보았다던가?"

"그게… 아직 모르는 모양입니다."

"으하하하! 그거 마음에 드는 일이로구나, 마음에 들어! 크하하하!"

녹림왕과 당홍은 사이가 좋지 않았다.

그것도 어느 한쪽이 십대고수, 거기에 비슷한 경지만 아니었어도 벌써 사달이 벌어졌으리라 여겨질 정도로 좋지 못했다.

 명확한 이유는 모른다. 아니, 아는 사람도 있겠지만 그것에 대해 입을 여는 사람은 본 적이 없다.

 하긴 둘 다 개차반이라 표현되는 성격의 인사들이니, 괜히 떠벌려서 미움 받을 짓을 할 멍청한 사람도 없었다.

 여하튼 녹림왕이 손해를 보았다는 부분에서 유난히 좋아하는 당홍에게 분가주가 물었다.

 "지금 시내의 해천각이란 객잔에 묵고 있다는데, 어떻게 하올지……?"

 "해천각?"

 처음 듣는다. 개평에서 유명하다는 곳은 다 아는 당홍인데도 말이다.

 "그게… 꽤 싼 곳이라……."

 "이 보고서대로면 굉장한 비리 표교인데 싼 곳을 잡았다?"

 "그게 저도 이상한데… 개방의 말로는 그가 끌어모은 돈으로 좋은 일을 한답니다. 그들 말대로면 여러 사람 살렸다던데……. 하여간 정확한 건 알려 주지 않았지만 개방이 그리 말한 것으로 보아선 사리사욕을 위해 쓰는 건 아닌 모양입니다."

"호오~ 그렇단 말이지……."

들으면 들을수록 마음에 드는 놈이다.

녹림왕을 엿 먹인 데다 남몰래 좋은 일도 한단다.

어째 다시 보고 싶어지는 놈이었다. 특히 그 살벌한 검은 더욱이…….

"하북삼흉… 위치를 아나?"

"대강은… 하온데 그들은 왜 찾으시온지?"

"잡아들여야겠다."

"하, 하오나 태상가주님!"

당황하는 분가주에게 당홍이 말했다.

"그놈들이 좋은 일을 한다는 건 알아. 그래도 살인을 밥 먹듯이 하는 놈들 아니냐. 그건 결코 바람직한 해결 방법이 아니다."

"그, 그렇긴 하오나… 분가의 무사들로는 피해가……."

"일단 위치나 불어. 내가 직접 잡아 올 테니까."

"태, 태상가주님께서 직접 말씀이십니까?"

"그래. 그래야 놈에게 자연스럽게 다가갈 게 아니겠냐."

"놈… 그럼 설마……?"

눈을 크게 뜨는 분가주를 바라보며 당홍이 하얗게 웃었다.

사람들이 하북삼흉이라 부르는 이들은 원래 낭인 출신

이었다.

처음에도 쓸 만한 무공을 가지고 있던 이들은 무수한 실전까지 거치며 급성장했다.

거기다 대막에서 상인을 호위하다 우연히 발견한 삼귀진을 익히고 난 다음엔 거의 적수가 없었다.

오죽하면 그들을 잡으러 왔던 백대고수를 세 번이나 제거한 전적도 쌓았다.

그런 이들이 머무는 곳은 하북 중부에 위치한 소오태산의 심처였다.

소오태산은 하나의 봉우리가 아니라 거대한 산맥을 총칭한다.

그 때문에 소오태산은 하북을 출발해 산서성을 거쳐 하남까지 뻗어 있었다.

그것이 이들이 하북과 산서, 거기다 하남에까지 출몰할 수 있었던 이유다.

여하간 이들이 자리를 잡고 있는 봉우리는 고무당이라 불리는 곳이다.

과거 무당의 시조인 장삼풍이 이곳에서 수련했다고 알려진 탓에 붙은 이름이었다.

풍문을 증명이라도 하듯이 절벽에 기대어 아슬아슬하게 지어진 작은 전각이 하북삼흉이 머무는 곳이었다.

그곳으로 당홍이 들어섰다. 그리고 침입자에겐 언제나 그랬듯이 하북삼흉이 그런 당홍을 삼면에서 포위했다.

 눈을 끔뻑이며 자신을 바라보는 세영에게 당홍이 세 사람을 앞으로 내밀었다.
 "이 친구들 찾는다면서?"
 "내가?"
 "그렇게 들었는데?"
 "설마 이 넝마들을 하북삼흉이라고 말하려는 건 아니겠지?"
 "알아보는구먼."
 당홍의 말에 세영만이 아니라 함께 앉아 밥을 먹던 일행이 모두 놀란 눈을 떴다.
 그런 일행들 속에서 세영이 넝마라 표현해도 부족하지 않을 정도로 망가진 사내 셋에게 물었다.
 "너희들, 뭐냐?"
 "그, 그게……."
 주저하는 세 사람을 당홍이 발끝으로 툭툭 차자 그들이 서둘러 답했다.
 "하, 하북삼흉입니다."
 그 모습에 피식 웃은 세영이 저만치 노점상에게서 돈을 뜯고 있던 파락호 셋을 가리켰다.
 "거 포쾌, 가서 저놈들 좀 데려와 봐. 하북삼흉을 만나고 싶으니까."

 말뜻을 알아들었는지 히죽 웃으며 슬그머니 일어선 거패가 밖으로 나갔다.

 그리고 잠시 후, 돼지 멱따는 소리가 일각 정도 들리더니 세영 앞에 무릎 꿇고 앉은 이들처럼 넝마가 된 파락호 셋이 거패의 손에 끌려 들어왔다.

"너희, 뭐냐?"

"그, 그게……."

 답을 제대로 못하는 세 파락호를 거패가 발로 툭툭 찼다.

"하, 하북삼흉입니다."

 세 파락호의 답에 세영이 당홍을 바라보았다.

"뭐가 문제인지 알겠어?"

"흠……."

 당홍의 침음이 깊어졌다.

※　　※　　※

세영이 곤란한 표정으로 당홍을 바라보았다.

"정말 이렇게까지 해야겠어?"

"저것들이 하북삼흉이라는 걸 확신하니까."

"그러다 저것들이 잡히면?"

"그야… 뭐, 내게 엉터리 정보를 준 분가주가 조금 곤란

해지겠지."

"그걸로 끝?"

"아니면, 뭐가 더 있나?"

"생각해 봐. 저것들을 사로잡으면 당연히 배후를 캐지 않겠어?"

"그야……."

"설마 쟤들이 끝까지 버텨 줄 거라고 생각하는 거야? 영감하고 무슨 좋은 인연이었다고 버텨?"

세영의 말에 당홍의 눈이 커졌다.

그 말 그대로 배후로 당홍이 지목되면… 자신만이 아니라 당가도 끝장이었다.

화들짝 놀란 당홍이 말리려 움직이려는 순간, 그가 하북삼흉이라 주장하던 이들 셋이 담장을 넘었다.

"마, 막아야지 뭐해?"

당홍의 말에 세영이 어깨를 으쓱여 보였다.

"뭐라고 하고 막아? 내가 지금 여기에 괴한 셋을 들여보냈는데, 아무래도 하북삼흉 같으니까 피하라고?"

"이, 이런!"

난감해하는 당홍을 보며 피식 웃는 세영에게 황렬이 다가섰다.

"정말 그냥 둘 거야?"

"왜? 너도 쟤들이 하북삼흉이라고 믿는 거야?"

"만에 하나 정말이면……."

그 말에 세영이 고개를 저었다.

"말도 안 되는 소리 마. 아마 조금 있으면 호각이 울고 병사들이 새카맣게 몰려들 거라고."

세영의 핀잔에 황렬이 걱정 어린 표정으로 물러서고, 시간은 야속하게 흘렀다.

반각, 일각, 그리고 이각…….

처음엔 편안했던 세영의 얼굴이 시간이 지날수록 점점 굳어져 갔다.

"아무래도……."

황렬의 말이 채 끝을 맺기도 전에 세영이 막야를 바라봤다.

"잡아 올 수 있어?"

"잡는 건 모르겠고, 돌아오라는 말은 전할 수 있을 겁니다."

"가!"

세영의 명이 떨어지기 무섭게 막야가 담장 너머로 사라졌다.

그런 상황을 지켜보던 양후가 황렬에게 물었다.

"근데, 여기가 어딘데 그래?"

"그걸 아직도 몰랐단 말이야?"

"아무도 말해 주지 않았으니까."

"이런! 여기 우승상네 장원이잖아."
황렬의 말에 양후의 눈이 커졌다.

결론부터 말하자면 막야는 하북삼흉을 무사히 불러냈다.
문제는 그렇게 불려나온 하북삼흉의 손아귀에 웬 노인네가 하나 잡혀 있다는 것이었다.
"누구?"
세영의 물음에 하북삼흉의 첫째가 답했다.
"오늘의 목표입니다."
"오늘의 목표? 서, 설마 우, 우승상!"
"예. 어떻게… 지금 목을 칠까요?"
첫째의 말에 우승상은 기절했고, 세영은 기절 직전까지 몰렸다.

눈을 뜬 우승상은 천천히 고개를 돌렸다.
그러자 제일 먼저 초라한 지붕이 보였고, 그다음에는 허름한 침상과 퀴퀴한 냄새가 풍기는 침구가 그의 시선에 들어왔다.
'저승이 이리 낡았으리라 생각을 못해 봤건만……'
우승상의 상념을 끊으며 귀에 익은 음성이 들려왔다.
"저기… 정신이 드십니까?"
"누, 누구……?"

누구냐 묻던 우승상의 입이 다물렸다.

자신을 납치한 하북삼흉이 목을 치냐고 묻던 바로 그 악적 놈이었기 때문이다.

잔뜩 굳어지는 우승상을 바라보며 세영이 어색하게 웃었다.

"화, 확인 중이었습니다, 우승상."

"확인?"

"예. 그게… 하북삼흉으로 의심되는 놈들을 잡긴 잡았는데 확실치가 않아서……."

"그게 무슨… 그보다 자넨 누군가?"

우승상의 물음에 세영은 잠시 갈등했다.

자칫 소속을 말했다가 빼도 박도 못하는 경우가 나올까 걱정이 들었기 때문이다.

그런 세영에게 우승상이 말했다.

"역시 밝히지 못하는……."

"개봉 좌포청의 포교 박세영입니다."

"개봉 좌포청?"

"예."

세영의 답에 우승상의 뇌리로 기억 하나가 떠올랐다.

하북삼흉을 잡는 것이 현실적으로 어려우니 그들을 설득해서 포쾌로 써도 좋겠느냔 상소였다.

그리고 그것을 올린 곳이 바로 개봉 좌포청이었다.

"하, 하면……?"

우승상의 물음에 세영이 방구석을 바라보았다.

그 시선을 따라 움직이던 우승상의 표정이 굳었다.

자신을 끌고 나왔던 세 놈이 멀거니 서 있었기 때문이다.

"서, 설마……?"

"저들이 아무래도 하북삼흉 같습니다."

"그걸 어찌……?"

"믿느냐고 물으신다면… 우승상께서 저희와 함께 계시게 되었기에 믿는다고 말씀드릴 수밖에는……."

세영의 답에 우승상의 입이 다물렸다.

황렬과 양후를 딸려 우승상을 장원으로 돌려보낸 세영이 당홍과 마주 섰다.

"이유가 뭐야?"

"무슨 이유?"

"우릴 도운 이유 말이야."

세영의 거듭된 물음에 당홍이 의미심장하게 웃었다.

"몰라서 묻는 건 아니지?"

"빌어먹을! 내가 쌈꾼인 줄 알아? 그리고 영감하고 놀아 줄 만큼 멀쩡하지도 않다고!"

그 말에 당홍이 놀란 눈으로 세영을 바라보았다.

"설마……?"

"설마는 무슨… 죽으라고 냅다 질러 놓고선."

그 말에 당홍의 입가로 미소가 깃들었다.

그건 자신의 능력이 이런 새파란 애송이에게 비세를 보일 정도는 아니었음이 입증된 것에 대한 만족감의 표현이었다.

"좋아? 젊은 놈 하나 골로 보낼 뻔해 놓고 꽤나 좋겠다. 빌어먹을 영감탱이!"

"말본새 하고는… 어디를 얼마나 상한 게야? 한 보름 정도 정양하면 되겠어?"

"말하는 거 하곤. 죽을병 걸렸어? 보름씩이나 누워 있게. 그냥 사나흘 잘 먹으면 괜찮아질 거야."

입가에 감돌던 미소가 사라졌다.

그리고 서늘하게 내려앉은 눈매만큼 차가운 음성이 당홍에게서 튀어나왔다.

"사나흘? 겨우!"

"겨우? 이 영감탱이가 정말로!"

벌떡 일어서는 세영의 행동에 당홍이 슬쩍 뒤로 한 발 물러섰다.

"아, 뭐, 그렇다고 발끈할 것까지는……."

세인들이 보았다면 기절할 일이었다.

천하의 당홍이 뒤로 물러서다니… 있을 수 없는 일이 벌어진 셈이다.

여하간 그렇게 당홍이 물러서자 세영도 슬그머니 자리

진퇴양난 • 207

에 다시 앉았다.

"하여간 말하는 거 하고는… 그렇게 살면 못써, 영감."

"아아, 그냥 나온 소리라니까 그러네. 그나저나 그럼 사나흘 지나면 움직이는 덴 지장 없고?"

"어째 꼭 지장 있으라는 말처럼 들리네?"

"뭐, 그것도 나쁘진 않겠지만… 아아, 거참, 무섭게 왜 눈을 그렇게 뜨나, 이 사람아. 말이 그렇다는 거지, 말이. 여하간 사나흘 지나면 내게 시간 좀 내주게."

"왜? 또 뒈지라고 내지르려고! 이 영감탱이가 정말로 관인 살해 죄로 잡혀가고 싶어서 그래?"

"적당히 하면 되지, 적당히! 자네도 이미 한 번 해 본 거니 대충 감은 잡았을 테고, 나 정도 고수랑 겨뤄 보는 게 쉽게 오는 기회는 아니라고. 아닌가?"

"필요 없어, 그따위 기회."

정말이다. 자신이 넘어설 수 없는 고수와의 싸움, 사부와 십수 년간 지속했던 그런 싸움에는 진력이 났으니까.

"왜? 발전을 위해서도 필요할 텐데?"

'이제 네게 필요한 것은 실전이 아니라 깨달음이니라. 실전이야 이 사부와 지겹도록 펼쳤으니 지겨울 테고, 아니더냐? 클클클.'

하나뿐인 제자의 양팔을 모조리 부러트린 후, 뭐가 기쁜지 킬킬거리며 웃던 사부가 한 말이었다.
 뭐, 그렇다고 일방적인 손해는 아니었다. 그렇게 웃는 사부의 앞니 하나가 비어 있었으니까.
 그때 세영도 그 빈 공간을 보며 킥킥댔었다.
 "필요 없댔어."
 "누가?"
 "우리 사부가."
 "무슨 그런 엉터리 같……."
 당홍의 말은 이어지지 못했다.
 그 누구에게서도 느껴 보지 못했을 만큼 날카롭고 무시무시한 기세가 세영의 전신에서 뻗쳐 나왔기 때문이다.
 "영감, 내가 영감 사부 욕하면 좋겠어?"
 여차하면 칼을 꺼내 들고 달려들 기세가 확실한 세영의 반응에 당홍이 다시 한 번 물러섰다.
 "아아, 미안하네. 노부가 실언을 하였군."
 그 사과 한마디에 기세가 사라졌다.
 순식간에 등에 진땀이 흐를 정도로 거칠게 일어났던 기세가 그렇게 일순간에 사라지는 것도 신기한 일이었다.
 그에 고개를 내젓는 당홍에게 세영이 퉁명스럽게 말했다.
 "그리고 난, 돈도 안 생기는 일에 매진할 만큼 한가하지도 않아."

"돈? 돈이 필요한가?"

"그럼 영감은 돈 필요 없어?"

"그야……."

필요 없다는 말은 할 수 없었다. 그렇게 세상 물정 모르고 살아온 것도 아니었으니.

하나 그렇다고 돈에 구차하게 구애받지도 않는다. 세가에서 다달이 나오는 용채가 부족하지 않았으니까.

"…혹시 돈 내면 해 줄 수는 있고?"

물으면서도 조심스러웠다.

무인에게 비무를 대가로 돈을 제시하다니…….

강호에서 이류 무사 소리만 들어도 산적질을 할지언정 비무를 대가로 돈을 받지 않는다. 마지막 자존심이라 생각하기 때문이다.

그렇기 때문에 대비도 했다. 앞서 본 성정대로라면 와락 달려들지도 몰랐으니까.

한데…….

"정말? 정말 줄 수 있어?"

눈을 반짝이는 세영을 바라보며 도리어 당홍이 당황한 표정이 되었다.

"그, 그야……."

"얼마나? 얼마나 줄 건데?"

이건 왜 여태 그런 말을 안 했냐는 물음보다 더 노골적이었다.

"어, 얼마나 원하는데?"

"많이 주면 많이 줄수록 좋지."

배시시 웃는 것도 모자라 몸까지 꼰다.

이거야 원, 내용을 모르는 사람이 본다면 꼭 남색을 찾는 물주와 젊은 청년의 만남 같았다.

"이거야, 원… 한 천 냥이면 되겠나?"

"금자겠지?"

"당연한 소리를!"

이만한 고수와의 비무를 돈으로 사는 것도 모자라 헐값을 먹일 생각 따윈 없었다.

그런 당홍의 답에 세영이 자리에서 벌떡 일어섰다.

"나가지."

"뭐? 지금?"

"왜, 영감은 싫어?"

"그, 그게 아니라… 사나흘 동안은 정양해야 한다면서?"

"그건 돈 받기 전이지. 돈 받으면 그 정돈 무시해도 돼."

그게 도대체 무슨 논리인지 몰라 어정쩡하니 서 있는 당홍에게 세영이 히죽 웃어 보였다.

"완전무결한 몸은 아니지만 무시해도 될 정도라고. 물론 약간의 손해를 메꾸자면 좀 거칠게 나가야 하겠지만… 부담되려나? 나중에 할까?"

그 말이 입에 담기 어려울 정도의 욕설이 담긴 도전장보다도 더 쉽게 당홍의 전의에 불을 당겼다.
"아닐세. 가지, 지금!"
곧바로 방을 나가는 세영과 당홍을 하북삼흉과 함께 문밖에서 기다리던 거패와 막야가 바라보았다.
"어디 가세요?"
"조기."
그 말만 남겨 두고 훌쩍 객잔을 나가 버리는 두 사람을 막야와 거패, 그리고 하북삼흉은 멍하니 바라볼 뿐이었다.

그날 세영은 당홍의 등에 업혀 돌아왔다.
온몸이 상처투성이에다가 입언저리에 피까지 묻은 것으로 봐서는 토혈도 했던 것 같았다.
우승상을 장원까지 호위해 주고 돌아와 있던 황렬과 양후가 놀라서 어찌된 일이냐고 묻다 말고 굳어졌다.
세영을 업고 돌아온 당홍의 옷이 넝마가 울고 갈 정도로 너덜거렸기 때문이다.
물론 그렇게 너덜거리는 옷가지 안은 온통 자상과 그 상처에서 흐른 피로 엉망이었고.
여하간 그날의 승패는 업혀 온 사람과 업고 온 사람으로 어렵지 않게 짐작할 수 있었다.
하지만 황렬과 일행들은 정신을 잃은 세영을 돌보느라 업고 돌아온 이의 표정이 잔뜩 굳어 있다는 것을 제대로 알아보지 못했다.

제49장
하북 일흉, 이흉, 삼흉

세영이 당홍의 등에 업혀 들어온 다음 날, 객잔으로 우승상의 명이 전달되었다.

개봉 좌포청의 포교 박세영은 조정으로 들어 전교를 받으라!

어사대의 관리가 던져 주듯 놓고 간 명령서를 내려다보며 황렬이 걱정스러운 표정을 지었다.
"괜찮을까?"
"뭐가?"
몸을 이리저리 움직여 보던 세영의 물음에 황렬이 반문

했다.

"몸은 괜찮은 거냐?"

"삭신이 안 쑤시는 곳이 없다. 빌어먹을 영감탱이. 돈 줬다고 아주 작정을 하고 달려들더라니……. 에고고, 그나저나 뭐가 괜찮겠냐는 거야?"

세영의 거듭된 물음에 황렬이 답했다.

"우승상 말이다. 자칫 우리가 벌인 일을 곡해할 수도 있지 않나 싶어서. 어쩌면 고관 살인미수로 잡아들일 수도 있고……."

"그럴 생각이었으면 어젯밤에 관병들이 들이닥쳤겠지."

"그런데 왜 굳이 들어오라는 거지?"

"저 자식들 처리도 문제고… 하고 싶은 말도 있을 테고."

자신들을 '저 자식들'이라고 칭하는 세영을 보면서도 하북삼흉은 투덜거리지조차 못했다.

그건 그들 주변에 백대고수나 그에 근접한 이들이 셋씩이나 자리하고 있었기 때문도 아니었고, 상대가 관인이라는 까닭도 아니었다.

그들은 어제 분명히 보았던 것이다.

업혀 돌아왔다곤 해도 그와 다투었던 당홍이, 천하의 십대고수인 그가 넝마가 될 만큼 옷이 찢기고, 몸뚱이는 피투성이가 되었던 것을.

걱정스런 표정으로 배웅하는 일행과 하북삼흥을 두고 개평의 임시 황궁으로 든 세영을 어사대부(御史大夫)와 우승상이 맞았다.

"부름을 받고 대령하였습니다."

고개를 숙이긴 했으나 부복하지 않는 세영에게 당장 어사대부의 호통이 떨어졌다.

"무슨 방종인가? 당장 부복하지 못할까!"

각지의 포청이 어사대의 예하인 것을 감안하면 어사대부는 포청 관인들의 최고위자인 셈이었다.

그런 어사대부의 호통에도 세영은 부복을 하지 않았다.

"소관이 몽고 관부에 복명하였다고는 하나 고려의 관인입니다. 고려국 국왕 전하의 앞이 아니라면 부복하지 못함을 헤아려 주시기 바랍니다."

"아니, 이 작자가 감히 예가 어디라고!"

분노를 감추지 않는 어사대부를 향해 우승상이 손을 내저었다.

"아아, 어사대부께선 그만 노여움을 가라앉히세요. 괘씸하긴 하나 저자의 말이 틀린 것도 아니질 않습니까."

"하오나 우승상······."

"그만, 그만하십시다. 오늘은 그런 걸 따지자고 모인 자리가 아니질 않습니까."

거듭된 우승상의 만류에 어사대부가 못마땅한 표정으로

물러나 앉았다.

그걸 확인한 우승상이 세영을 내려다보았다.

"기개가 높은 것은 알아보았네만… 그것도 과하면 흠이 되는 것일세."

"송구… 합니다."

"알았다면 되었느니……. 그래, 놈들은 잘 잡고 있는가? 그 사이에 도주하진 않았고?"

"도주할 생각은 없는 듯합니다."

"도주할 생각이 없다?"

"예."

"흠… 그만큼 자네가 특별하다는 소리겠지."

뭐, 복잡한 사정이 얽혀 있었지만 완전히 틀린 소리도 아니니 세영은 굳이 반론을 펴지도 않았다. 그런 그에게 우승상이 말을 이었다.

"이미 전교가 내려진 일이라고는 하나 실제 그렇게 할 수 있는지 확인하고자 그대를 부른 것이었네."

"무슨… 말씀이신지?"

"그놈들… 하북삼흉 말일세. 정녕 포쾌로 쓸 수 있겠는가? 행여 그 지위를 이용해 더한 짓을 저지르진 않겠는가 그 말일세."

"그런 일은 용납되지 않을 것입니다."

주저 없는 세영의 답에 잠시 입을 닫고 있던 어사대부가 의미심장한 눈빛으로 물었다.

"그렇게 자신할 수 있다는 것은… 혹 그들을 제거할 수 있기 때문인가?"

"그럴 수 있었다면 어렵게 그런 골칫덩이들을 껴안지는 않았을 것입니다."

"하면……?"

"죽일 수는 없으나 제어는 가능한 정도일 뿐입니다."

세영의 답에 어사대부가 아쉬운 듯 입맛을 다셨다.

"거짓은 없으렷다?"

"어느 안전이라고 거짓을 고하겠습니까."

그 말에 어사대부의 시선이 우승상에게 향했다.

그런 그에게 고개를 살짝 끄덕여 보인 우승상이 세영에게 말했다.

"혹 그들이 문제를 일으킨다면 그 책임은 그대에게 있다는 것을 잊지 말라."

"명심하겠습니다."

"좋다. 그리 말하니 전교대로 행함을 허락한다."

"감사합니다."

고개를 조아리는 세영에게 이번엔 어사대부가 말을 건넸다.

"하북삼흉이란 골칫덩이를 해결한 것을 보니 그대를 따라다니던 고려바톨이란 이름이 허명이 아니라는 것을 알겠다. 하여 특명을 내리니 포교 박세영은 어사령(御史令)을 받으라!"

어사령? 그게 뭐하는 건지 들어 본 적도 없다.

하지만 이런 자리에서 '특명'까지 거론되며 나온 이름이니 세영은 일단 고개를 조아렸다.

"명을 기다립니다."

"어사령으로 명하니, 나라를 어지럽히는 살인마를 잡아들이라. 죄인의 이름은 살마. 무림이라는 헛된 이름으로 사는 이들 중 하나이니, 그를 잡아 국법의 지엄함을 세울 것을 명하노라."

살마? 어떤 놈인지 몰랐지만 일단 고개부터 조아렸다.

모른다고 '그놈이 뭐하는 놈인데요?'라고 물을 수도 없는 노릇이었으니까.

툭-

그런 세영의 눈앞으로 손가락 2개만 한 동패 하나가 떨어졌다.

"어사령이니라. 그 일을 마무리하는 동안 네가 원하는 모든 것이 이루어질 것이다. 병력이면 병력, 돈이면 돈, 물자면 물자까지. 모든 것을 동원할 수 있는 권한이 그 어사령으로 채워질 것이다."

어사대부의 말에 세영의 눈이 반짝거렸다.

병력? 물자? 그 따윈 필요 없었다.

세영의 귀를 번쩍 뜨이게 만든 것은 '돈'이라는 단어였으니까.

'빌어먹을, 내가 어쩌다가…….'

자괴감이 들기도 했지만 어쩔 수 없는 노릇이었다.

"감사히 받겠습니……."

"대신 그것으로 사용된 모든 내역은 후일 철저한 조사를 거칠 것이며, 불필요하게 사용되었다 판단되는 것은 다시 변상 조치 할 것이니 사용에 유의해야 할 것이다."

어사대부의 사족에 세영의 표정이 와락 구겨졌다. 그리고 음성에서도 힘이 빠졌다.

"네……."

"나가 보라."

어사대부의 명이 내려지자 세영은 미련 없이 신형을 돌렸다.

그때 그런 세영을 붙잡는 음성이 들려왔다.

"어사령을 가져가야지!"

어사대부의 음성에 마지못해 신형을 돌려 바닥에 떨어져 있는 어사령을 주워 든 세영이 터덜터덜 대전을 걸어 나갔다.

그런 그의 뒤에서 못마땅해하는 어사대부의 혀 차는 소리가 들려왔다.

"쯔쯔쯔."

❀   ❀   ❀

 대전에서 있었던 일을 설명하는 세영에게 한쪽 구석에 서 있던 하북삼흉을 슬쩍 일별한 황렬이 물었다.
"그럼 저 자식들하고 함께 움직이는 건가?"
"그래야지. 근데… 저것들 눈은 왜 저래?"
 아침까지만 해도 없던 멍 자국이 하북삼흉의 눈가에 생겨 있었다.
 그 물음에 황렬이 멋쩍은 웃음을 지었다.
"그게… 서열 정리 좀 했다."
"서열 정리? 셋을 상대로는 힘들다더니, 어떻게?"
"지들만 셋이냐? 우리도 셋이지."
 그 말에 저만치 서 있던 양후와 거패가 씨익 웃어 보였다.
 그제야 대충 그림이 그려졌다.
 겁 없이 대들다 똘똘 뭉친 백대고수 셋, 정확히는 백대고수 둘에 백대고수에 근접한 하나겠지만, 여하간 그들 셋에게 된통 당한 모양이었다.
'가만, 셋? 그럼 막야는?'
 고개를 갸웃거리던 세영이 물었다.
"막야는 어디 갔어?"
"그게… 좀 많이 맞아서… 의원에……."
"맞아? 이겼다면서?"

"그게… 우리 셋과 이야기를 끝낸 자식들이 막야를 덮치는 바람에…….'

말인즉슨 막야를 빼고 삼 대 삼으로 붙고 난 후, 하북삼흉이 막야를 덮쳤다는 뜻이다.

한 소리 할 줄 알았는데, 세영은 방 한쪽에 서 있는 하북삼흉을 바라보며 안쓰러운 표정을 지었다.

예상치 못한 세영의 반응에 황렬이 물었다.

"왜……?"

"네놈들 이제 잠은 다 잤네. 어쩌자고 자객이었던 놈을 건드렸냐. 쯔쯔."

세영의 말에 저희들끼리 바라보던 하북삼흉이 조심스럽게 물어 왔다.

"자… 객이었습니까?"

"몰랐냐?"

"몰랐습니다."

하북삼흉의 답에 세영이 황렬을 바라보았다.

"안 가르쳐 줬어?"

"그게… 워낙 순식간에 일어난 일이라서……. 그리고 그놈이 자객이라곤 해도 설마 하북삼흉을 어쩔 수 있는 정도는 아니지 않아?"

"이런! 그 자식이 좀 덜떨어져 보여도 어둠 속에서 칼을 갈면 너도 위험해."

"아무리! 나도 눈이 있고 감이 있어. 절대로 그 정도는 아니야!"

"물론 죽진 않겠지. 하지만 놈이 목숨을 걸면 팔 하나는 잘라 낼 각오를 해야 할 걸?"

"팔 하나… 흠……."

권사에게 팔 하나가 갖는 의미는 어마어마하다.

검수나 도객도 마찬가지다.

검이나 도를 잡던 손이 날아가면… 결과는 끔찍 그 자체다.

하북삼흉을 돌아보는 황렬과 양후, 거패의 시선에 측은함이 실린 것도 그 때문이었다.

그런 그들의 시선을 받은 하북삼흉도 당황한 표정이 역력했다.

"나라면 사과한다."

세영의 말에 하북삼흉의 눈에 갈등이 들어서는 것이 명확하게 보였다.

그런 그들을 바라보면서 세영이 말했다.

"아! 그리고 너희들이 실수하면 그 책임을 나한테 묻는다더라. 그렇다고 죽어 지내라는 소리는 아니다. 사내가 사고도 치고 그러는 거지. 어디 한군데씩 부러진다고 기가 꺾이면 되겠냐. 그치?"

"아, 아닙니다. 조, 조용히 지내겠습니다."

당황하는 하북삼흉의 답에 세영이 미소를 지었다.

"뭐, 그래 주면 내가 너희들 팔다리를 작살내는 수고를 하지 않아도 되니 고맙고."

"거, 걱정하지 마십시오."

당홍에게 철저하게 깨졌던 하북삼흉이다.

백대고수 셋을 저승길로 인도하며 채워졌던 자신감이 얼마나 보잘 것 없는 것이었는지 그때 뼈저리게 느꼈다.

거기다 이번에 서열을 정리하면서 백대고수가 얼마나 무서운 이들인지 새삼스럽게 깨달으면서 하북삼흉의 기가 많이 꺾여 있었다.

간발의 차이로 패했다고는 하나, 당홍과 맞상대를 할 수 있을 경지인 세영에게 감히 반항할 마음을 먹을 수 없을 정도로 말이다.

"그래. 그리고……."

잔뜩 위축되어 있는 하북삼흉에게서 눈을 돌린 세영이 마지막에 받은 특명에 대해 이야기를 꺼냈다.

"특명을 하나 받았다."

"특명?"

황렬의 물음에 세영은 대전에서의 일을 이야기했다.

"이런 미친!"

"왜?"

"그래서 그걸 받아 왔다고?"

"명령인데 그럼 안 받냐?"

"이런! 빌어먹을! 어쩐지 부를 때부터 불안하더니만. 우승상인지 뭔지 그 빌어먹을 늙은이가 이렇게 복수하는 거라고!"

"복수라니?"

어리둥절한 세영에게 황렬이 투덜거렸다.

"넌 살마도 몰라?"

"넌 알아?"

"에라이!"

답답해하는 황렬에게 세영이 물었다.

"그 자식이 누군데?"

그 질문에 대한 답은 황렬이 아니라 굳은 표정으로 뒤에 서 있던 양후에게서 나왔다.

"백대고수입니다."

"뭐, 별거 아니네."

세영의 말에 하북삼흉은 동의할 수 없다는 표정이었고, 황렬과 양후는 씁쓸한 표정을 지었다.

다만 거패만이 고개를 끄덕였다. 하지만 그도 백대고수가 별게 아니라는 것에 동의한 것이지, 살마가 별거 아니라는 말에 동의한 것은 아니었던 모양이다. 사족을 다는 것을 보면.

"틀린 말씀은 아닙니다만… 살마는 이야기가 좀 다르죠."

"뭐가 다르지?"

"그게… 일단 백대고수의 수좌로 거론되는 작자입니다."

"그래도 백대고수 아닌가?"

"그렇긴 합니다만… 이걸 어떻게 설명해야 되려나……. 아! 암왕, 그 양반하고 맞장 떠도 크게 밀리지 않을 겁니다. 물론 생사결로 가면 끝장나긴 하겠지만……."

거패의 말에 세영의 눈썹이 꿈틀거렸다.

"암왕이면… 당홍인가 하는 그 영감탱이?"

"예."

"그 영감은 십대고수라면서?"

"물론 그렇지요."

"살마인가 하는 놈은 백대고수고?"

"예, 그렇지요."

"싸움 잘하는 순서대로 늘여 세워서 열 명 안에 들어가는 놈하고, 백 명 안에 들어가는 놈이 비슷하단 말이야? 그게 말이 돼?"

세영의 고성의 끝을 잡고 다른 음성이 끼어들었다.

"그놈의 말본새 하고는…. 열 명 안에 드는 분도 아니고 놈은 좀……."

사람들이 고개를 돌리니 문을 열고 들어서는 당홍이 보였다.

그의 갑작스런 출현에 당황하는 다른 이들과는 달리 세영은 시큰둥한 얼굴로 손을 들어 보였을 뿐이다.
"아! 영감, 왔어."
"이런! 나이 많이 먹었다고 대우도 제대로 안 하면서 말끝마다 영감은. 들리는 말에 의하면 그쪽은 어른을 공경한다던데, 아닌가?"
"그쪽?"
"고려인이라면서?"
"아! 물론 공경은 하지. 그래서 어제도 노인 특별 요금으로 비무해 줬잖아. 거기다 살살 다뤄 줬고. 그런데 뭐가 불만이야?"
"금자 천 냥이 특별 요금? 거기다 살사~알?"
"그럼 살살이지. 제대로 했으면 영감 이빨 몇 개는 날아갔어. 이거 왜 이래!"
 틀린 말은 아니다. 당홍이 제아무리 십대고수니 뭐니 해도 사부에 비하면 아무것도 아니었으니까.
 물론 그렇게 거칠어졌을 경우엔 세영, 자신도 팔 하나쯤은 부러졌겠지만……
 세영의 투덜거림에 잠시 눈을 부라리던 당홍이 피식 웃어 버렸다.
 어찌 된 게 이 천둥벌거숭이 같은 젊은 녀석의 반항은 밉지가 않았다.
 거기다 어쩌면 정말 그럴지도 모른다는 생각이 드는 것

도 사실이었고.

그런 자신의 반응을 이해할 수 없다는 표정으로 바라보는 중인들을 뒤로하고 슬쩍 세영의 맞은편에 앉은 당홍이 물었다.

"높은 자리에 앉은 녀석들이 살마를 잡아들이라고 명한 모양이지?"

"영감, 남의 이야기 엿듣는 거, 나쁜 일이라고 안 배웠어?"

"이 객잔이 떠나가라고 떠들어 댔으면서 무슨……."

굳이 감추려 음성을 낮추진 않았지만 그 정도로 크게 떠든 것도 아니었다.

하지만 세영은 굳이 반론을 제기하지도 않았다. 청각이 발달한 고수들이라면 충분히 들을 수 있을 정도의 크기였다는 건 인정하니까.

"그래도 남의 이야긴 못 들은 척도 해 주고 그래야 하는 거라고, 이 못 배운 영감탱이야."

"자네 말대로 내가 못 배워서 그런 걸 잘 몰라서 말이지. 그건 그렇고 정말 살마를 모르는 듯해서 말해 주는 거지만, 이번 임무는 포기해."

"왜? 센 놈이라?"

"세다……. 그런 건 상관없어. 어쩌면 자네가 잡을지도 모르고."

그 말에 고개를 갸웃거리는 다른 이들은 모른 척 자신만 바라보는 당홍에게 세영이 물었다.

"그런데 왜 포기하라는 건데?"

"그 자식… 미친놈이거든."

"뭐, 무공에?"

"아니, 살인에."

순간 세영의 팔에 솜털이 일어서는 것이 느껴졌다. 그건 당홍이 진심을 담아 말했기 때문이었다.

당홍의 음성에 담긴 진심에서 진득한 살기가 느껴진 것이다.

도대체 어떤 작자이기에 당홍 정도의 인물이 단지 설명하면서 저런 살기를 담는지 감이 잡히지 않았다.

"정말… 인가 보네."

"그래. 그 자식은 무공의 본래 목적, 그러니까 살인에 대한 초식을 정말 완벽하게 구현해 내거든. 그 탓에 화경의 초입에서 헛지랄 중이지만, 그걸 넘어서면 십대고수도 목 간수를 해야 할 판이라고."

"화경의 초입?"

생소한 단어에 세영이 관심을 보이자 당홍이 설명을 이었다.

"삼류, 이류, 일류, 절정, 초절정, 초극으로 이어지는 기본 경지의 구분은 알지?"

"대충은."

"그럼 그 윗단계는?"

"뭐, 신화경이라 떠들어 대는 거?"

"그래, 신에 근접했다는 경지들이지. 노부가 들어선 경지가 바로 그 신화경의 첫 계단인 화경이고."

"영감탱이, 자랑은……."

세영의 핀잔을 웃음으로 슬쩍 흘려보낸 당홍이 말을 이었다.

"바로 그 두 계층 사이에 위치하는 것을 화경의 초입이라고 부르지. 다시 말해서 초극은 분명히 돌파했는데, 그 상위 단계인 화경엔 제대로 발을 딛지 못한 상태인 거지. 때문에 어떤 이들은 그 경지를 초극의 극의라고도 하고."

"그러니까 어정쩡한 놈이다, 그거네?"

"그렇게 표현할 수도 있다는 건 자네 말을 듣고 처음 알았네만."

아무도 어정쩡하다고 평하지 않았기 때문이다.

이유는 한 가지다. 그 정도로 허술한 경지가 아니었으니까.

"여하간 그런 어정쩡한 놈한테 겁먹을 생각은 없고. 그놈이 어디 있는데? 혹시 저 자식들처럼 숨어 지내나?"

세영의 눈짓을 받은 하북삼흉이 움츠러드는 걸 본 당홍이 피식 웃었다.

"숨어 지내는 건 맞는데, 저놈들처럼 쫓겨서는 아니고 자객문 특유의 은폐지."

"자객문?"

"귀살령(鬼殺靈)이라고 들어 봤지?"

"아니."

너무나 태연한 답에 당홍은 다시금 피식 웃었다.

"도대체 좌포청 포교란 자가 어찌 그리 강호 소식에 어두운 겐가?"

"돈 되는 것도 아닌 일에 신경은 무슨……."

아버지가 들었다면 무덤에서 뛰쳐나올 말이지만 지금은 돈이 가장 급했다.

그런 세영에게 당홍이 물었다.

"말이 나온 김에 좀 묻지. 자네, 도대체 돈이 왜 그렇게 필요한 겐가? 듣자 하니 주색잡기나 도박으로 날리는 것도 아닌 듯 하고……."

"주색잡기는 무슨……. 기녀 얼굴 본 지도 오래됐시다."

그러고 보니 정말 오래됐다. 한 보름……?

'뭐? 보름? 에이!'

애써 참으며 발길을 끊은 지가 까마득히 오래된 것 같은데 겨우 보름밖에 지나지 않았다니, 왠지 머릿속이 마구 뒤엉키는 기분이었다.

"어디… 안 좋은가?"

당홍의 물음에 세영이 고개를 내저었다.

"아니야. 그나저나 영감."
"왜?"
"영감, 제법 살았지?"
"뭔 소리야? 재물 말하는 거야?"
"아니, 살아온 세월 말이야."
"그야, 뭐… 이제 내 나이가 예순을 좀 넘었으니까… 제법 살았다면 산 거지."
"그럼 내 묻고 싶은 게 있는데 말이야."
"뭔데 사설이 그리 장황한 게야?"
"아버지가 그랬거든. 뭔가 답을 얻고자 할 땐 동네 노인네들한테 물으면 최고라고 말이야."

세영의 답에 표정을 구긴 당홍이 버럭 소리를 질렀다.
"어딜 봐서 내가 동네 노인네야!"
"말끝마다 노부는, 노부는 그랬으면서 왜 이래?"
"이런! 빌어먹을. 그거야 반말을 찍찍 해 대니까……."
말을 하다 말고 당홍이 입을 다물었다.
더 말해 봐야 자기 속 좁은 거 티 내는 것뿐이 안 된다는 걸 뒤늦게 알아차린 것이다.
그런 당홍에게 세영이 피식 웃어 보였다.
"그럼 포교가 예비 범죄자한테 그랬어요, 저랬어요 할까?"
"예, 예비 범죄자라니?"

"아니라고 생각하는 거야?"

"노부, 아, 아니, 내가 왜 예비 범죄잔데?"

"그걸 몰라서 묻는 건 아니지?"

"모르니까 묻지! 나, 이래 봬도 어디 가서 경우 없다는 소리 안 듣는 사람이야. 이거, 왜 이래?"

당홍의 말에 다른 일행들이 풀썩 웃었다.

"훗-"

"크흐!"

그 반응에 당장 날카로운 당홍의 음성이 터져 나왔다.

"뭐야!"

웃음을 머금었던 이들이 일제히 입을 다물고 딴청을 피웠다.

사실 당홍을 따라다니는 별호들 중에는 무공과 상관없는 것이 몇 가지 있었다.

그중 하나가 견강부왕(牽强附王)이다.

견강부회(牽强附會)란 이치에 맞지 않는 말을 억지로 끌어다 붙여 자기 주장이 맞는 것처럼 만든다는 뜻인데, 견강부왕이란 바로 이 견강부회에서 따온 말이었다.

그만큼 당홍의 억지가 강하다는 소리였으니, 경우 없다는 소리는 안 듣는다는 그의 주장은 사실과 거리가 멀었던 것이다.

"쯧, 애들 탓은……. 영감 평판이 문제가 아니라, 들고 다니는 것들부터 문제란 소리야."
"들고 다니는 것들?"
자신의 손을 내려다보는 당홍에게 세영이 핀잔을 주었다.
"손 말고 주머니 말이야. 독과 암기를 잔뜩 넣고 다니는 건 위험물 소지 법 위반이란 거 몰라?"
"위험물 소지 법은 무슨……."
투덜거리긴 했지만 분명 법적으로 소지가 금지된 물품들이었다. 그 탓인지 슬쩍 뒷말을 흐린 당홍이 화제를 돌렸다.
"그래서, 묻고 싶은 게 뭔데?"
"왜, 본 지 굉장히 오래된 거 같은데 실제론 얼마 지나지 않았고, 잊으려 할수록 머릿속을 둥둥 떠다니는데, 그건 왜 그러는 거야?"
"혹시 그게 여자……?"
"누, 누가 그래?"
"반응을 보아하니 여자 맞구먼."
히죽거리는 당홍의 말에 세영이 혀를 찼다.
"쯧! 그래서, 여자면 뭐가 달라?"
"다르지. 상대가 사내새끼라면 꼭 죽여야 할 놈인데 못 죽여서 생각나는 거고, 여자라면… 흐흐흐."
"영감탱이가… 뭔 놈의 웃음소리가 그래?"
"내가 보기에 자네는 모르는 게 아니라 그걸 인정하기가 싫은 것 같은데… 아닌가?"

"그건 또 무슨 뚱딴지같은……."

 말은 그렇게 했어도 세영은 움찔하는 자신을 느꼈다. 그 탓에 뒷말이 흐려진 것이었고.

 그런 세영을 지그시 바라보던 당홍이 말했다.

"그건 차차 해결하기로 하고. 지금은 그게 문제가 아니질 않나."

"그럼 뭐가 문젠데?"

"살마."

"그놈이야, 뭐……."

 세영이 뒷말이 흐려졌다.

제50장
덫을 놓다

 의원에서 돌아온 막야는 살마를 잡아야 한다는 세영의 말에도 예상외로 무덤덤한 반응을 보였다.
"안 놀라냐?"
"놀라야 하는 겁니까?"
"그냥… 다른 사람들은 다 놀라기에."
"글쎄요, 전 별로……."
여전히 시큰둥한 막야에게 세영이 물었다.
"내가 잡을 수 있을까?"
"직접 잡으시게요?"
"아니면 누가 잡는데?"
"환요… 그분이 있잖습니까?"

막야의 말에 세영이 눈을 크게 떴다.

"일중이?"

"일중… 언제 통성명하셨습니까?"

"일단 잡아들이면 기본 심문 하는 거 몰라?"

"아!"

"포쾌 생활이 얼만데, '아!'는……. 근데 여기서 그놈 이야기가 왜 나오는 건데?"

"전적이 있습니다."

"전적?"

"둘이 붙었던 전적 말입니다."

그때 막야와 세영의 이야기를 듣고 있던 당홍이 슬그머니 끼어들었다.

"혹시 환요랑과 살마의 대결을 말하는 겐가?"

"어! 아십니까?"

막야의 놀람에 당홍이 고개를 끄덕였다.

"뭐, 얼핏 들었지."

"자객문이 아니면 얻기 어려운 정보인데요?"

"꼭 그런 건 아니라네."

정보의 출처를 함구하는 당홍에게 세영이 물었다.

"그래서, 누가 이겼는지도 알아?"

"환요랑이 살마의 허벅지에 칼을 꽂았다더군. 살마는 상대를 찾지 못했고."

"겨우 허벅지?"

"겨우? 잔뜩 경계하는 살마가 허벅지를 내줬다면 이미 목을 내준 거나 진배없는 거야, 이 친구야."

"영감, 허벅지 찔렸다고 죽는 놈은 없어."

"그야……."

비로소 자신이 하고자 하는 말을 이해한 당홍이 입을 다물자 세영은 막야에게 시선을 돌렸다.

"그래서 어쩌자고?"

"일중… 그분을 동원하면 큰 출혈 없이 목적을 달성할 수 있을 겁니다."

"그러니까 네 말은, 일중이를 앞세우자?"

"예, 그렇죠."

"흠……."

한참 생각하던 세영이 고개를 끄덕였다.

"좋아, 일중이 불러."

"제가요?"

"그럼 내가 가리?"

눈을 부라리는 세영의 서슬에 막야가 풀 죽은 표정으로 일어섰다.

"예… 다녀오겠습니다."

"나 기다리는 거 무지 싫어한다."

"압니다."

그 말을 남겨 놓은 막야가 사라지자 당홍이 흥미로운 표정으로 세영에게 물었다.

"그러니까 환요랑을 안다?"

"그 자식 아는 게 무슨 대수라고."

"그 자식이라······. 그놈의 말본새 하고는. 아예 나이는 상관없다는 소리로구먼?"

"나이 대접받고 싶으면 독하고 암기 내려놓고 구들방에 들어앉아 손자 엉덩이나 두드리든가."

"무슨 그런 악담을······."

당홍의 말에 세영이 피식 웃어 보였다.

　　　　❁　　❁　　❁

막야가 환요랑, 즉 손일중과 함께 개평으로 돌아온 것은 거의 나흘만이었다.

거의라는 표현이 쓰인 이유는 그들이 도착한 시간이 날짜가 바뀌는 자시정 무렵이었기 때문이다.

"하필 이 시간에······."

투덜거리는 세영에게 일중이 피식 웃어 보였다.

"급한 거라는 말에 만사 제쳐 놓고 달려왔더니만, 기껏 하는 말이라곤······."

"급한 건 맞아. 어제도 왜 출발 안 하냐고 닦달하고 갔으니까."

"누가? 그리고 어딜 가는데?"

일중의 물음에 세영이 막야를 돌아봤다.

"말 안 했냐?"

"그게… 혹시 안 오실까 봐서……."

뒷머리를 긁적이는 막야의 모습에 세영이 혀를 찼다.

"쯧, 하여간 저 자식 잔머리는……."

"무슨 일인데?"

슬그머니 자신의 뒤로 숨는 막야를 노려보는 일중의 물음에 세영이 답했다.

"살마 잡기."

"누구?"

"살마."

"귀살령의 그 살마?"

"그래."

"그, 그 작자는 갑자기 왜?"

"어째 묻는 음성이 겁먹은 것 같다?"

"거, 겁은 무슨……."

당황하는 일중을 물끄러미 바라보던 세영이 물었다.

"솔직히 말해 봐. 너, 살마한테 겁먹었지?"

"아, 아니라니까!"

"근데 왜 더듬어?"

"그, 그거야……."

제대로 답을 하지 못하는 일중을 바라보며 세영이 의미심장한 음성을 흘렸다.

"너… 소문하고는 상황이 다른 거지?"

"무, 무슨 소문?"

"알면서……. 불어, 어찌 된 거야?"

"부, 불긴 뭘 불라고……."

"쓰읍, 자꾸 여러 말 시킬래?"

세영의 눈가가 일그러지는 것을 본 일중이 작은 한숨을 내쉬었다.

"하아~ 빌어먹을! 언젠가는 드러날 거라고 생각하긴 했지만……."

"뭔데? 자꾸 사설 달지 말고 핵심만 말해 봐."

세영의 독촉에 일중이 이야기를 시작했다.

"살마와 내 대결… 사실은 살마가 이겼다."

"네가 허벅지에 칼을 꽂았다던데?"

"그건 맞아. 내가 정말로 그의 허벅지에 칼을 꽂았으니까. 하지만 그 대가로 난 목에 상처를 입었지. 여기, 이게 그때 입은 상처고."

흉터를 드러내 보이는 일중의 목을 살펴보던 세영이 탄성을 터트렸다.

"흉터가 꽤 크네!"

"죽을 뻔했으니까."

"근데 왜 안 죽였대?"

"잘 숨은 거지. 내가 숨는 덴 일가견이 있거든."

일중의 말에 당홍이 끼어들었다.

"그럼 다시 붙으면?"

"그때 이후로 무공도 늘고, 살수 무공도 늘었다지만… 놈이라고 그냥 있진 않았겠지. 한데… 노인장은 누구요?"

"할일 없는 영감탱이니까 신경 쓸 거 없어."

세영의 말에 한껏 자신을 드러내려 가슴을 부풀리던 당홍이 맥 빠진 음성을 흘려 냈다.

"에이 씨……."

그래도 그냥 두면 안 될 거라 생각했던지 막야가 슬그머니 말했다.

"암왕이십니다."

"암왕? 설마… 당가암왕!"

놀라는 상대의 모습에 꽤나 만족한 듯 웃음을 흘리는 당홍에게 일중이 포권을 취해 보였다.

"후배 손일중이 암왕 선배님을 뵙습니다."

"허허! 그 친구, 소문하곤 달리 예의가 바르구먼."

"감사합니다, 선배님."

제법 훈훈한 광경이 펼쳐졌지만 세영은 그 모습조차 마음에 안 들었던 모양이다.

"영감, 집에 안 가?"

"뭐, 굳이 갈 이유는 없네만."

"굳이 여기 붙어 있을 이유도 없잖아!"

"왜 없어? 이렇게 붙어 있었더니 그 명성 자자한 환요랑도 만나고 좋구먼."

"색마 자식 만나서 꽤나 좋겠시다."

"야-!"

당황한 얼굴로 버럭 소리를 지르는 일중에게 세영이 마주 고함을 질렀다.

"왜?"

"새, 색마는 좀……."

"배고파서 훔치면 도둑질이 아니고, 배 안 고픈데 훔쳤다고 도둑질이라대? 훔치면 다 도둑놈이고, 도둑질인 거야. 당해도 쌀 만큼 행실이 좋지 않은 계집들을 후렸어도 색마는 색마란 소리지."

"쯔, 이야기를 해도 꼭……."

투덜거리긴 해도 완전히 아니라는 말은 못하는 일중이었다.

그런 일중과 세영을 번갈아 바라보던 당홍이 물었다.

"그나저나 이제 환요랑을 동원해서 살마를 잡는다는 계획은 물거품이 된 거겠네?"

"누가 그래?"

"그럼… 그냥 진행한다고? 자네, 혹시… 저 친구랑 사이 별론가?"

일중을 흘깃거리며 묻는 당홍에게 세영이 반문했다.

"뭔 소리야, 그건 또?"

"살마한테 죽을 뻔했다는 사람을 다시 들이미는 거니 죽으라고 등 떠미는 게 아니냐는 거지."

"그 전에 잡아채면 돼."

"뭘 잡아채?"

"살마라는 놈."

세영의 답에 잠시 고개를 갸웃거리던 당홍이 물었다.

"내가 이해가 잘 안 돼서 그러는데, 저기 저 친구를 살마한테 들이민다. 그런 뒤에 저 친구를 죽이려 달려드는 살마를 잡아챈다. …그건가?"

"맞아."

"그 사이를 비집을 자신은 있고?"

"그럼."

"촌음으로도 부족한 시간일 텐데?"

"그거보단 길걸?"

"왜 그렇게 생각하지?"

"간단하니까."

"간단하다니?"

"일단 소문을 낸다. 환요랑이 살마와 다시 한 번 대결하려

든다고. 대결을 위해 개평에서 환요랑이 기다린다."
"그게, 뭐?"
여전히 의아한 표정으로 묻는 당홍에게 세영이 답했다.
"미끼와 덫, 영감은 이해가 안 돼?"
"그 소문이 정말 미끼가 되리라고 생각하는 거야?"
"설마… 안 올 거라 생각하는 거야?"
비슷한 말로 되묻는 세영에게 당홍이 한숨을 내쉬었다.
"하아~ 이 친구야, 함정이라는 게 너무 빤히 보이잖나. 자네 같으면 그 위험천만한 지역으로 들어서겠나?"
"나라면 안 가지. 하지만 놈은 올걸?"
"어째서 그렇게 믿는 거지?"
"그 자식은 자객이니까. 그놈도 대놓고 들어설 생각은 없을 거 아니야."
그제야 세영의 생각을 읽은 당홍이 무릎을 쳤다. 그것과 거의 동시에 일중의 머리도 끄덕여졌다.
"하긴 놈은 이쪽으로 들어오는 날짜는 안 알려 줘도 되는 거니까. 환묘랑의 피를 바짝바짝 말리면서 들어설 수 있을 거라 생각하겠군."
"바로 그거야. 그러니 그 자식은 반드시 온다."
"그럼 그것도 문제가 아닌가? 언제 올지를 모른대서야 어찌 방비를 갖추느냔 말일세."
"그것도 다 해결 방법이 있지."

"어떤 방법인데?"

"그건 이제부터 보면 알 거고."

그 말만 남겨 놓고 일어서는 세영의 입가에는 의미심장한 미소가 깃들어 있었다.

❈ ❈ ❈

자객에게 있어 어둠은 언제나 아군이다.

모습을 감춰 주는 것은 물론이고, 어지간한 실수도 덮어 준다.

그래서 자객에 의한 죽음은 대부분 밤과 함께 일어난다.

그런 죽음의 한 자락이 개평에 드리워졌다.

간신히 살아서 도망갔으면 쥐 죽은 듯 살 것이지, 버젓이 드러내 놓고 자신을 도발했다.

수하들은 함정이라고 말했다. 자신도 그렇게 생각했다. 함정이니까 그렇게 노골적으로 불러내는 것이겠지.

더구나 기다린다는 곳이 개평 아닌가?

어쩌면 수만의 관병이 자신 하나를 노리고 잔뜩 깔렸을지도 모르고······.

그래서 오기 전에 충분히 더듬었다. 정말로 놈이, 환요랑이 개평에 들어와 있는지.

놈이 있다면··· 자신도 위험을 감수할 수 있기에.

결과는 보는 대로다. 자신이 이곳, 개평에 모습을 드러냈으니까.

우습게도 놈의 도발은 정말이었다.

몇몇 조력자가 붙은 듯이 보였지만 뭐, 그래 봤자다. 이쪽도 조력자들이 붙었으니까.

주변의 어둠 전체가 움직이는 느낌이다.

하긴 귀살령의 2백 자객 중 1백여 명이 동원되었다. 그러니 어둠이 통째로 움직인다고 해도 과언은 아니다.

여하간 변할 수 없는 사실 하나.

놈은, 환요랑은 오늘 죽는다.

노랗게 반짝이던 눈빛이 검게 물들며 어둠 속으로 묻혔다.

그 어둠이 천천히 이동한 뒤편에서 파란 눈빛 4개가 일어섰다.

-이리로 올지 어찌 안 겐가?

당홍의 전음에 세영이 어깨를 으쓱여 보였다.

-그건 무슨 뜻인가?

그 말에 세영이 고개를 저었다.

-허허, 답답하게 무슨… 그냥 설명을 하게.

당홍의 독촉에 세영이 그의 곁으로 바짝 다가섰다. 그리고…….

"영감, 지금 전음 할 줄 안다고 자랑해?"

귀를 간질이는 작은 음성에 당홍의 눈이 커졌다.

-설마… 전음을 못한다고?

놀라는 당홍에게 세영은 별거 아니라는 듯 한쪽 어깨를 으쓱여 보였다.

그러곤 이내 저만치 앞서 가는 짙은 어둠의 뒤를 따랐다.

시작은 짙은 어둠의 끝자락이 일중, 환요랑이 머무는 객잔에 닿으면서부터였다.

쿠작-

방바닥에 가득 깔아 놓은 땅콩 껍질 으깨지는 소리에 환요랑의 신형이 벼락처럼 솟구쳤다.

그와 동시에 그가 누워 있던 침상이 반 토막이 났다.

그러고도 모자랐는지 날카로운 경기는 벽에 걸린 수묵화를, 침상 옆에 놓여 있던 서탁을, 종래엔 방 한가운데를 차지하고 있던 식탁마저 깨끗하게 반으로 잘라 버렸다.

놀라운 건 그렇게 집기들이 반으로 잘려 나가는 와중에 일중의 모습이 사라졌다는 것이다.

그렇다고 방 밖으로 나가지도 않았다. 방문도, 창문도 열린 적이 없었으니까.

침묵이 방 안에 내려앉았다.

그 침묵을 밟고 방 안의 집기를 모조리 반 토막 내 버린 칼을 든 복면인이 조용히 방 안의 그늘 속으로 몸을 숨겼다.

보이지 않지만 2명의 사람이 분명히 존재하는 공간이 어둠과 침묵만으로 휩싸였다.

이젠 인내심의 싸움이다.

먼저 움직이면 그만큼 위험할 것이다.

그렇게 반시진이 흘렀다. 누군가는 이걸 길다 말할지 모르지만 자객들에게 반시진은 우스울 만큼 짧은 시간이다.

원한다면 얼마든지 더 기다려 줄 수도 있었다. 한 시진이든 두 시진이든, 아니면 며칠이라도.

한데, 그 대치가 맥없이 깨져 나갔다.

끼이이익—

요란한 소리를 내며 문이 열리고, 세영이 들어섰다. 그 뒤로 뒷짐을 진 당홍이 따라 들어섰다.

각각 다른 어둠 속에 몸을 숨긴 채 들어선 두 사람을 바라보는 눈동자에 각기 다른 감정이 들어섰다. 하나엔 반가움이, 다른 하나엔 당황과 복잡함이.

하지만 그 감정은 단 한 마디에 이내 황당으로 바뀌어야 했다.

"너, 잘린 서탁 붙잡고 뭐하냐?"

세영의 말에 서탁이 움찔거렸다. 한데 그뿐이다.

그걸 바라보며 세영이 말을 보탰다.

"움찔거리질 말든가, 들켰다는 걸 알아차렸으면 좀 일어서든가. 뭐냐, 그게?"

결국 바닥에 널브러져 있던 잘린 서탁이 빙그르르 돌더니 시커먼 인형 하나가 일어섰다.
"네놈은 누구냐?"
당혹으로 물든 살마의 물음에 세영이 혀를 찼다.
"네놈? 하~ 이거, 기본 자세조차 안 되어 있는 범죄자일세."
"암왕을 믿고 설치는 거라면……."
살마의 말이 떨어지기 무섭게 당홍이 두 손을 들어 보였다.
"아! 난 그냥 구경꾼일세. 개입할 생각이 없다는 뜻이지."
당홍의 말에 살마의 눈이 반짝였다.
"그 말… 정말이오?"
"내가 자네한테 거짓말할 이유는 없다고 생각하는데……?"
"그야… 하면 믿겠소."
"그러게."
당홍의 수긍하자 살마의 입꼬리가 말려 올라갔다.
"자- 믿는 구석이 사라졌으니 이제 어쩔 거냐?"
"누가 그래, 저 영감이 내가 믿는 구석이라고?"
"영… 감?"
슬쩍 돌아보는 살마의 눈에 어깨를 으쓱여 보이는 당홍의 모습이 보였다.
'저 개차반이 영감이라는 말에 노여움도 안 타?'

의아한 표정으로 고개를 돌리던 살마의 눈앞에서 별이 번쩍였다.

쾅-!

천천히 넘어가면서도 살마는 어이가 없었다.

자신이 어떻게? 왜?

하지만 그 생각은 길게 이어지지 못했다. 의식의 끈을 놓친 까닭이었다.

혼절한 살마를 내려다보며 손을 탈탈 터는 세영을 당홍이 놀란 눈으로 보았다.

"어, 어떻게?"

"새끼가, 누굴 앞에다 두고 한눈을 팔아."

살마가 한눈… 아! 잠깐 당홍, 자신을 바라보았다. 그로서는 십대고수인 자신이 신경 쓰였을 테니까.

하지만 그 짧은 순간에…….

그러고 보니 당홍도 세영이 움직이는 걸 보지 못했다. 아니, 보는 건 둘째치고 움직인다는 낌새조차 채지 못했다.

"자네……."

세영을 부르는 당홍의 음성에 수많은 상념이 깃들었다.

　　　　❀　　❀　　❀

처음부터 끝까지 살마를 주시했던 일중은 세영의 움직임

을 분명히 목격했다.

한데도 그 움직임을 머릿속에서 그려 낼 수가 없었다.

뭐랄까… 그저 번쩍 하더니 살마가 넘어가고 있었다고나 해야 할까?

그건 분명 자신이 겪어 보았던 세영의 능력을 벗어나는 움직임이었다.

"어찌 된 거야?"

"뭐가?"

"이전엔 그 정도는 아니었잖아. 진짜 실력을 숨겼었다고는 말하지 마라. 그 정도 눈치는 있으니까."

일중의 말에 세영이 피식 웃었다.

"진짜 실력을 왜 숨겨? 그거 숨겨서 국 끓여 먹을 것도 아니고."

"그럼 어찌 된 거지?"

"늘었어."

"늘어?"

"그래."

"어떻게? 그 짧은 사이에 무슨 기연이 있었기에 그렇게 월등한 실력을 갖느냔 말이야!"

"기연은 무슨……. 쓸데없이 끼어들기 좋아하는 어떤 영감탱이랑 드잡이를 좀 했을 뿐이야."

세영의 말에 이 황당한 상황에 대해 제대로 결론을 내리지 못하고 서 있던 당홍이 자신을 손가락으로 가리키며 물었다.

"설마… 나?"

"그럼 끼어들기 좋아하는 영감탱이가 많은 줄 알아?"

"그 말은… 일전의 비무에서……!"

놀라는 당홍에게 세영이 어깨를 으쓱여 보였다.

"나도 나중에 알았어. 섬보가 조금 더 빨라졌더라고. 어째 주먹도 좀 세진 거 같고."

"이런, 빌어먹을!"

당홍의 입에서 욕설이 튀어나왔다.

아쉬웠다. 상대가 발전하는 동안 자신은 그저 섬뜩한 짜릿함이나 즐기고 있었다는 것이.

"다시 해!"

당홍의 말에 세영이 물었다.

"뭘?"

"비무!"

"내가 왜?"

"돈 준다. 천 냥, 아니 이천 냥 준다."

"삼천 냥 줘도 싫어."

"아니, 왜?"

"영감, 이제 대충 안 할 거잖아. 그럼 둘 다 살아남는 건 불가능이야. 내가 죽든가, 영감이 죽겠지."

그 말은…….

"서, 설마……?"

경악으로 점철된 당홍의 눈을 바라보며 세영이 싱긋 웃었다.

"내가 그랬잖아, 좀 세진 거 같다고."

그 말에 털썩 의자에 주저앉는 당홍을 일별한 일중이 물었다.

"무, 무슨 이야기야? 서, 설마 화, 화경에 올랐다든가, 그런 말은 아니지?"

"화경은 무슨… 그냥 심상 고리가 하나 늘었을 뿐이야."

그랬다. 당홍과의 첨예한 비무 이후 세영의 심상에 고리 하나가 늘어났다.

사부에게 들었던 대로라면 6개의 고리를 완성한 후, 빨라도 1년, 대체로 2년 후에나 다음 단계로 나아갈 준비가 된다고 했는데, 어찌 된 일인지 세영은 6개의 고리를 완성한 지 몇 달 만에 고리 하나가 더 늘어난 것이다.

이제 심상의 고리는 7개, 동에서 섬(閃)의 단계로 넘어왔다. 모든 것이 빨라지고, 그렇게 빨라진 만큼 강해진다.

살마가 눈치를 채기도 전에 다가선 것처럼 섬보는 제 모습에 더 가까워졌고, 한 방에 정신을 놓을 정도로 투예의 파괴력도 늘었다.

어차피 파괴력은 속도와 비례하는 것이기도 하니까.

제51장
골칫덩이를 맡다

여전히 정신을 못 차리는 살마를 가운데 놓은 채 일중이 세영에게 물었다.
"한데 이 작자 혼자 오지는 않았을 텐데?"
"잔뜩 끌고 왔더라."
"그놈들이 덮치기 전에 목을 베든가, 아니면 데리고 이곳을 벗어나든가. 둘 중 하나는 해야 하지 않아?"
"상관없어. 애들이 막고 있으니까."
"애들?"
"늦으면 어쩔까 싶었는데 제때 도착했더라고."
"그러니까 누구?"
"네 식구."

"내 식구… 설마 살막!"

당황하는 일중에게 세영이 고개를 끄덕여 보였다.

"그래. 일 호, 아니 제수씨가 쉰 명가량을 끌고 왔더라."

"상대는, 상대의 수는?"

"한 백 명 되지?"

마치 동의를 구한다는 듯 자신을 바라보는 세영의 물음에 당홍이 고개를 끄덕였다.

"그 정도 될걸? 시커먼 거 뒤집어 쓴 작자들이 쫙 깔렸으니까."

"이, 이 대 일……. 그걸 그냥 두고 들어오면 어떡해!"

버럭 소리를 지르며 나가려는 일중을 세영이 불러 세웠다.

"잠깐."

"왜?"

"애들 요소요소에 박아 넣고 왔어. 움직이면 죽는다는 걸 가장 잘 아는 놈들이니까 당분간은 지금의 은신 상태에서 그냥 있을 거야.

"애들?"

"포쾌들 말이야."

그러고 보니 바늘에 실 따라가듯 함께 움직이던 이들이 보이지 않았다.

꿩마, 아니 이젠 황 포쾌라던가? 여하간 그놈과 철가방의 좌야장, 그리고 전 산적 두목 새끼까지…….

하긴 제아무리 강한 놈들이라도 살막의 지원을 받는 백대 고수급 셋이 버티면 움직이지 못한다. 세영의 말대로 움직이면 가장 먼저 목이 날아갈 테니까.

그 말에 비로소 발길을 멈춘 일중이 다시금 바닥에 널브러진 살마에게 시선을 주었다.

"어쩔 생각인 건데?"

"일단 물어봐야지."

"그럼 깨울까?"

그 말에 세영이 고개를 끄덕이자 일중이 살마의 혈도를 쳤다.

"개새끼!"

정신이 들자마자 고무줄이 튕겨나가듯 벌떡 일어선 살마가 자세를 잡으며 고함을 질렀다.

한데 그 방향이 애매했다.

"뭐하나?"

세영의 물음에 살마의 얼굴이 와락 일그러졌다.

벌떡 일어서서 자세를 잡은 것 까지는 좋았는데, 세영을 향한 것도 아니고 일중을 향한 것도 아니었다.

하필 자신을 둘러싼 셋 중 제일 위험한 인물한테 주먹을 내밀고 있었던 것이다.

"개… 새끼?"

살벌한 당홍의 음성에 구겨진 살마의 얼굴에 낭패감이 떠올랐다.

"그, 그게 아니고……."

"이 호래자식이 보자 보자 하니까. 개새끼? 어따 대고… 이 쌍놈의 새끼! 혓바닥을 뽑아서 모가지를 졸라 불까 보다!"

무시무시한 살기를 뿜어내며 욕설을 퍼붓는 당홍의 기세에 살마가 흠칫 뒷걸음을 쳤다.

붙어 볼 만하다는 평가를 받는 상대이긴 해도 살마는 안다. 화경의 초입과 진짜 화경의 차이를. 붙으면 여지없이 골로 간다는 것을 말이다.

"우와~ 영감, 한 성질 하는데?"

"뭐?"

사나운 기세가 가시지 않은 채 세영을 돌아보았던 당홍의 기세가 힘없이 시들어 버렸다.

자신이 느끼기에도 소름끼치는 살기를 마주하면서도 세영이 생글거리고 있었기 때문이다.

그런 사람 앞에서 성난 고양이 새끼처럼 잔뜩 기세를 세우고 있는 게… 자존심이 상했던 것이다.

"에이… 어디서 이런 괴물이……."

"괴물은… 영감은 못 배운 모양이지만, 사람 앞에 놓고 욕하는 거 좋지 않은 버릇이야."

"그래그래, 자넨 참 많이 배워서 나이 많은 사람한테 반말하고 좋겠네."

"쓰읍! 그건 예비 범죄자가 가질 만한 불만은 아니라고 했잖아!"

"염병……."

투덜거리긴 했지만 그뿐이다. 천하의 당홍이 먼저 꼬리를 내리고 고개를 돌린 것이다.

그 상황을 지켜보던 일중은 믿기지 않는다는 시선이었다.

그리고 살마는…….

당홍과의 대화를 마치고 고개를 돌리는 세영의 앞으로 튀어나가며 주먹을 휘둘…

퍽-!

"억!"

언제 튀어나온 건지 모를 세영의 주먹에 얻어맞은 살마가 코를 부여잡았다.

"새끼가 못된 것만 배워서는……."

자신이 그 방법으로 살마를 한 방에 보냈다는 걸 잊어 먹은 건지, 세영은 코를 부여잡고 전전긍긍하는 살마에게 핀잔을 주었다.

하지만 방금 전의 상황을 지켜보았던 당홍과 일중의 눈은 더할 수 없이 크게 떠졌다.

분명히 살마가 먼저 움직였다. 그리고 거의 성공 단계였다.

문제는 그때 움직이기 시작한 세영의 손이 어느새 살마의 코를 후려갈겼다는 것이다.

후발제인(後發制人)도 이 정도면 신의 경지다.

막말로 손이 빠르기론 천하에서 둘째가라면 서러워할 당홍도 놀랄 만한 움직임이었던 것이다.

그런 당홍과 일중의 놀람을 뒤로하고 세영이 쪼그려 앉아 끙끙거리는 살마를 발끝으로 톡톡 찼다.

"엄살 그만 피우고 일어나지?"

"이 자식!"

뻑-!

"커헉!"

냉큼 그 발에 비수를 꽂아 가던 살마의 턱이 덜컥 뒤로 젖혀졌다.

그 얼굴 위로 세영의 주먹이 떨어져 내렸다.

내리꽂히는 속도로 보았을 때 제대로 맞으면… 살기는 틀린 주먹이었다.

순간적으로 죽음을 떠올리는 살마의 코앞에서 주먹이 멈춰졌다.

그리고…

톡톡.

활짝 펼쳐진 손바닥이 살마의 뺨을 가볍게 두드리고 돌아갔다.
"한 번만 더 까불면 뒈진다."
 속이 뒤집히는 소리였지만… 반항할 마음이 일지 않았다. 되지 않을 일이라는 걸 어느새 마음이 알아 버린 것이다.
"빌어먹을!"
 털썩 주저앉아 잔뜩 부어 버린 코를 어루만지는 살마가 왠지 처량해 보였다.
 그런 살마를 내려다보던 세영이 툭 내뱉었다.
"일단 애들부터 돌려보내."
"아! 애들!"
"백대고수급 셋이 살막의 지원하에 버티고 있어. 저대로 뒀다가 자칫 움직이기라도 하면……."
"아, 안 돼!"
 위험성을 곧바로 알아차린 살마의 당황성에 세영이 어깨를 으쓱여 보였다.
"그러니 돌려보내."
"그 말은… 놓아준다는……."
"너 말고 애들만."
 세영의 답에 잠시 눈가를 찌푸렸지만 살마는 이내 고개를 끄덕였다.

하긴 놓아 보낼 거라면 이런 함정을 파지도 않았을 테니까.

객잔 방 창문을 연 살마가 기다란 휘파람을 불었다.

그 휘파람 소리에 잠시 술렁거리던 사위가 천천히 물러나는 느낌이 들었다.

이쪽을 바라보는 황렬과 일행들에게 세영이 고개를 저어 보인 것도 그때였다.

그렇게 귀살령의 자객들이 개평에서 물러갔다. 살마, 자신들의 영주를 두고…….

수하들을 물린 살마가 그나마 온전한 모습으로 남아 있는 의자에 털썩 주저앉았다.

"이제 어쩔 건데?"

"글쎄……."

세영의 답에 살마의 표정이 완전히 구겨져 버렸다.

❀   ❀   ❀

우승상과 어사대부는 놀라서 잔뜩 부릅뜬 눈으로 세영을 바라보았다.

"자, 잡아? 살마라는 그 자객 놈을?"

"그게… 추포라기보다는 자수 쪽에 가까워서……."

"자수?"

"예."

세영의 답에 어사대부가 말도 안 된다는 표정으로 고개를 저었다.

그런 어사대부를 일별한 우승상이 세영에게 물었다.

"해서, 목은 베었나?"

"자수한 건데 어떻게……. 그리고 목을 베려 들면 그냥 있을 인사도 아니옵고, 괜히 도망쳐서 계획대로 카라코룸으로라도 가면……."

우승상이 살마를 잡아들이라 명한 것이 바로 그 때문이었다.

최근 들어 남송이 살마에게 쿠빌라이에 대한 살행을 의뢰했다는 정보를 얻었던 것이다.

물론 살마에게 확인해 보니 관부의 일에 끼어들 생각은 없었다고 했다.

한데 왜 그런 소문이 난 것인지 그 이유에 대해 묻는 세영에게 살마는 피식 웃으며 답했었다.

"돈은 받았거든."
"돈을… 그럼 사기잖아?"
세영의 물음에 살마가 고개를 저었다.
"무슨 소리. 멍청한 자식들이 언제까지 죽여 줘야 한다는 조건을 안 달았단 말이야. 나중에 쿠빌라이가 죽기 직

전에 해결 보면 돼."

살마의 답에 세영은 그저 입만 벙긋거렸을 뿐이었다.

그렇다고 그걸 곧이곧대로 보고할 필요는 없었다. 살마를 정말로 죽일 생각이 아니라면 말이다.

세영의 예상대로 우승상과 어사대부는 그 말에 크게 당황했다.

"그, 그러면 안 되겠지."

"그, 그렇지요."

"해서 드리는 말씀입니다만, 놈도 하북삼흉처럼 포쾌로 삼으면 어떠하올지……."

"그 흉악범을 포, 포쾌로 말인가?"

"제가 곁에 두고 감시하기도 좋고……."

"감시, 감시라……."

중얼거리는 우승상에게 세영이 고개를 끄덕여 보였다.

"예. 제 능력으로 목숨을 취하긴 어려워도 발을 묶어 둘 정도는 되니까요."

"발을 묶어 둘 정도라……."

그만해도 얼마나 뛰어난 것인지 잘 알고 있었다.

하북삼흉이나 살마의 능력은 자신들이 더 잘 알고 있었으니까.

결국 둘이 눈짓을 주고받더니 우승상이 마지못해 고개

를 끄덕였다.

"그리하지. 대신, 하북삼흉과 마찬가지로 그 관리의 책임은 오롯이 그대에게 있음을 잊지 말게."

"예."

순순히 답하는 세영의 모습에 다소 안정을 찾은 우승상이 눈짓하자 이번엔 어사대부가 나섰다.

"그런 일들을 하자면 자네의 직급을 좀 올려야 할 듯한데……. 포두도 그렇고 아예 포령으로 제수할까 하는데, 어찌 생각하나?"

어사대부의 말에 세영이 고개를 저었다.

"고려에서 파견된 직급이 포교입니다. 그건 고려의 국왕께서 결정할 사안이 아닌가 합니다만……."

"이쪽에서 임명하고 그쪽에 추인을 받아도 되고, 별도로 제수해도 상관없네. 양쪽의 벼슬을 다 받은 이들이 없는 것도 아니고."

어사대부의 말에 잠시 생각해 보던 세영이 고개를 저었다.

"그냥 포교로 있고 싶습니다."

"아니, 왜?"

"아버지께서 그걸 바라실 것 같아서요."

"자손의 출세를 부친이 반대할 거란 소린가?"

이해할 수 없다는 표정의 어사대부를 바라보며 세영은 선

골칫덩이를 맡다 • 273

친의 당부를 떠올렸다.

"네가 대정이라 하니 앞으로 더 높은 곳으로 올라갈 수도 있을 게다. 하나, 난 네가 그저 포교에 머물렀으면 한다."
"왜요?"
"세상은 높은 자리일수록 더러운 일에 손을 대기 쉽다. 홀로 고고한 척 살아갈 수 없는 곳이 세상이고 보면, 아예 쳐다보지 않는 것이 나을 때도 있다."
"그러다 보면 세상은 변할 수가 없는 거잖수."
"그럴지도 모르지. 아니, 네 말대로 그럴 게다. 그런 관점에서 보면 비겁한 짓이겠지만… 아들아, 난 네가 나라를 바꾸기보다는 눈앞의 노점상 하나를 돌보는 사람이 되길 바란다. 그게 우리 집안의 가르침이기도 했고. 설마 우리 집안이 7대를 내려오는 동안 포교 이상으로 올라갈 사람 하나 배출하지 못했었겠느냐?"

"그게… 제 자리가 좋습니다. 위험하지도 않고, 윗사람 눈치도 많이 볼 필요 없고, 적당히 생기는 것도 있으니까요."
세영의 답에 어사대부와 우승상의 눈이 커졌다.
조정 신료들의 장과 감찰부서의 장을 앞에 두고 자신이 비리를 저지르고 있노라고 대놓고 공언한 셈이었기 때문이다.

그 탓에 잠시 놀라 있던 분위기는 우승상의 웃음소리로 풀어졌다.

"으하하하! 내 자넬 처음 보았을 때부터 배포가 남다르다 했지. 좋아, 생기는 것도 적당한 데다 위험성이 적은 자리를 놓기란 쉬운 일이 아니지. 암, 원한다면 그냥 그 자리에 있게. 대신."

우승상의 사족에 세영의 시선이 그를 향했다. 그 시선을 마주하며 우승상이 못을 박았다.

"개봉 좌포청을 어사대 직할로 넣을 것이네. 무슨 소리인 줄 알겠는가?"

"하면 지휘는 어찌 되는 겁니까?"

"지휘 체계는 여전히 같겠지. 하지만 개봉부윤이나 하남 행성 평장정사의 지휘에선 놓일 걸세. 곧바로 여기 어사대부의 명을 받게 될 테니까."

그 말은 개봉 좌포청의 관할권이 하남이 아니라 몽고의 중원 점령지 전역으로 넓어짐을 뜻했다.

"하면… 관할권은 어찌……?"

세영의 물음에 이번엔 어사대부가 나섰다.

"그렇지 않아도 감숙이 혼란스러워지며 옮겨 두었던 낙양 좌포청을 다시 복귀시키려던 참이었네. 하남의 업무는 낙양 좌포청에서 맡게 될 걸세."

"아! 예······."

좋아할 일인지 아닌지 몰라 답하는 세영의 음성은 낮고 작았다.

그런 세영에게 어사대부가 말했다.

"정확한 것은 전교를 개봉 좌포청으로 내려 시행할 터이니 그대는 소임지로 돌아가면 될 것일세."

"예. 한데 저기······."

"뭐, 할 말이라도 남은 겐가?"

"포쾌 임명권은 어찌 됩니까?"

"하북삼흉과 살마 말인가?"

"예."

"그들의 임명권은······."

말을 하다말고 자신을 바라보는 어사대부와 잠시 눈을 맞춘 우승상이 고개를 끄덕였다.

그러자 시선을 다시 세영에게 돌린 어사대부가 말을 이었다.

"앞으로 자네에게 포쾌 임명권과 배치권을 주겠네. 원하는 자가 있다면 하북삼흉과 살마만이 아니라 다른 이들도 포쾌로 삼거나 그를 개봉 좌포청에 배치해 써도 무방하네. 그 추인은 자네의 보고서에 대한 어사대의 승인으로 대신할 걸세."

어사대부의 말은 꽤나 파격적인 것이었다. 아무리 포쾌라도 봉록을 받는 관인이었기 때문이다.

더구나 포쾌가 낮은 신분이라고는 하나 정용보다는 분명 윗줄의 신분이었다.

"감사합니다, 대인."

포권을 취해 보이는 세영을 어사대부와 우승상이 의미심장한 시선으로 내려다보았다.

※　※　※

웃긴 이야기지만 세영보다 전교가 먼저 개봉에 도착해 있었다.

그 덕에 세영은 좌포청에 도착하자마자 수부타이에게 불려 갔다.

"찾으셨습니까, 포령."

"어서 오게. 고생했다는 소리는 들었네. 노고가 컸네."

"감사합니다."

"그나저나… 이 전교에 대해 알고 있나?"

대충 무슨 전교인지 감을 잡은 세영이 고개를 끄덕여 보였다.

"예, 어사대부께 이야기 들었습니다."

"하면 우리 개봉 좌포청의 관할 지역이 중원 전역으로 넓어졌다는 것도 아는가?"

"예, 우리의 임무는 섬서에서 귀환하는 낙양 좌포청으로 옮긴다고 들었습니다."

"그 이야기도 들어 있더군. 그 때문에 지금 개봉 어사판소가 낙양으로 이전한다고 부산함세."

"어사판소도 이사를 갑니까?"

"그렇다는군."

"그럼 앞으로 우리가 잡아 온 이들은 누가 재판합니까?"

"어사대에서 개봉좌포청으로 시어사(侍御史)를 내려보낸다는군."

"시어사를요?"

세영이 놀랄 수밖에 없었다.

시어사면 2품의 높은 벼슬이었기 때문이다. 그 탓에 어사대에도 셋밖에 없는 자리였다.

더구나 이들의 임무가 주로 황실과 연관된 고위 인사들의 재판이라는 것만 보아도 그들의 중요성을 알 수 있었다.

그런 인사가 좌포청으로 온단다.

그것도 별도 조직을 맡기 위해서가 아니라 좌포청의 재판을 담당하기 위해서, 좌포청 소속으로.

"하면… 좌포청은 그가 지휘하는 겁니까?"

"그게… 지휘는 여전히 내게 맡겨졌네."

"그럼……?"

"엄청나게 높은 수하를 두게 생겼단 말일세."

그제야 수부타이의 안색이 좋지 않은 이유를 알 수 있었다.

직급이 높은, 그것도 까마득히 높은 수하는 수하가 아니다. 거기다 책임자도 아니니 자신이 벌인 일에 대한 책임도 지지 않는다.

그런 수하는 최악의 상관보다 더 난감한 법이다.

수부타이의 입장을 이해한 세영이 안됐다는 표정으로 고개를 끄덕였다.

그런 세영에게 수부타이가 말했다.

"자네가 그렇게 여유로울 때가 아닐 텐데?"

"예?"

"그 높은 수하가 배속되는 게 바로 자네의 휘하니까."

"예~ 에!"

"뭔가? 어사대부께 직접 들었다면서… 설마 몰랐던 겐가?"

"그런 이야기는 없었는데요?"

"흠… 전교의 이 부분을 보게. 여기, 자네의 휘하에 두라고 명시가 되어 있지?"

"이런 빌어먹을!"

이건 감시다. 아니, 감시가 아니라 다른 의미였더라도 세영에겐 감시나 마찬가지다.

골칫덩이를 맡다 • 279

'제기랄, 다 이해하는 것 같더니만 역시 상납하라 이거지!'

무언가 많이 꼬인 듯한 세영의 생각이었다.

이틀 후, 개봉 좌포청에 부임하는 시어사를 맞는 수부타이와 세영은 전교를 받았을 때와는 비교될 수 없을 정도로 당황하는 표정이었다.

"왜, 제 얼굴에 뭐라도 묻었나요?"

"예? 아, 아닙니다."

당황하는 수부타이의 답에 예쁘장한 여인, 아니 시어사가 배시시 웃었다.

"전 또 하도 뚫어지게 바라보시기에……. 그런데 그쪽이 박 포교죠? 고려에서 왔다는."

자신에게 물어 오는 여인을 멍하니 바라보는 세영의 머릿속엔 한 가지 생각뿐이었다.

'빌어먹을 인간들!'

그런 세영의 생각을 아는지 모르는지 시어사란 여인은 또랑또랑한 눈으로 세영을 바라보았다.

"제가 머물 곳은 어디죠?"

"집무실은 마련해 놓았습니다."

수부타이의 답에 시어사는 여전히 세영을 바라보며 물었다.

"집무실 말고 머물 곳 말이에요. 잠잘 곳."
"그, 그게······."
숙소는 따로 마련하지 말라던 명 때문에 생각도 안 하고 있던 수부타이로서는 당황할 수밖에 없었던 것이다.
그렇게 어쩔 줄 몰라 하는 수부타이는 쳐다보지도 않은 채 시어사는 여전히 세영에게 시선을 고정하고 있었다.
"어디 살아요?"
"저, 저 말입니까?"
"그래요."
"마, 마을에······."
"그 집에 빈방 있죠?"
"그야··· 아, 아니 없습니다."
"에이, 거짓말! 다 알아보고 왔어요. 빈방이 세 개나 있다고 들었는데요?"
"그게··· 아! 요새 새 식구가 늘어서요."
"흠··· 하북삼흉하고 살마 말이군요? 그래도 하나가 빌 텐데요?"
"그, 그것이 아! 백울이라고 추적술에 능한 포쾌를 하나 더 들였습니다. 아시죠? 제게 포쾌 임명권이 있다는 거."
세영의 말에 수부타이는 생전 처음 듣는다는 표정이다.
물론 포쾌 임명권에 대한 것은 아니다. 그건 전교로도 확인했고, 세영으로부터 보고도 받았으니까.

지금 수부타이에게 생소한 소식은 그런 것이 아니라 바로 백울을 포쾌로 삼았다는 것이었다. 그런 말은 들은 적이 없었다.

그런 수부타이의 반응을 아는지 모르는지, 시어사는 여전히 세영에게 시선을 고정한 채 말을 이었다.

"그야 알죠. 한데 백울이라면 하남에서 유명한 추노꾼이죠? 이곳 개봉에 산다는."

"마, 맞습니다."

"그라면 가족이 있는 걸로 아는데요?"

"그, 그렇습니까?"

알 턱이 없다. 백울을 포쾌로 삼은 적이 없으니까.

세영의 반응에 빙긋이 웃은 시어사가 말했다.

"그렇답니다. 아무리 포쾌의 업무가 중하다 하나 어찌 가족과 떨어트려 놓겠어요. 그냥 출퇴근하라고 하세요. 그럼 방은 여전히 하나가 남는 거죠?"

"그, 그야……."

"포령이시죠?"

그제야 시선을 돌리는 시어사의 물음에 수부타이가 부동자세를 취했다.

"예, 예! 시어사."

"제 숙소는 정해진 듯하네요. 짐은 그곳으로 옮겨 주실 수 있을까요?"

그 말에 뒤를 바라보는 수부타이의 눈이 작게 흔들렸다.
좌포청 정문 앞에 늘어선 짐수레의 수가 여덟 승이나 되었기 때문이다.

제52장
비호대를 세우다

 연신 짐을 들이는 일꾼들 사이를 분주히 오가는 여인을 바라보는 사람들의 표정이 묘했다.

"그러니까 상공의 상관이란 건가요, 저분이?"

이연의 물음에 황렬이 뒷머리를 긁적이며 답했다.

"시어사라니까… 그런 셈이지."

"아주버니한테도요?"

"그 인간보다도 한참 높으니까. 포령보다도 높다지, 아마?"

"그럼 저분이 새로운 수장인 거네요?"

"그게 또, 그런 건 아니라네."

"예?"

고개를 갸웃거리는 아내를 바라보며 황렬이 애꿎은 머리를 벅벅 긁었다.

"그게… 잘은 몰라. 여하간 굉장히 복잡한 관부의 일인가 보더라고."

곁에서 두 사람의 대화를 조용히 듣고 있던 유린이 끼어들었다.

"가끔 직급이 높은 관인이 수하로 오는 경우가 있어요. 아마 그런 것이 아닐까 싶네요."

"유린 동생은 그런 걸 잘 아네."

난처하게 웃는 유린의 모습에 이연이 당황한 표정을 지었다.

"아! 미, 미안, 동생."

"괜찮아요."

이연이 당황하는 것은 유린이 고관들과 거부들만 출입하던 도화원 출신의 기녀였기 때문이다.

관부의 직책 이동에 대해 그녀가 잘 아는 것도 그녀가 도화원 출신이었던 까닭이다.

하긴 그렇게 치면 임무 때문에 잠시라지만 모란각에 머물렀던 이연도 자유로울 수 없었지만.

그런 유린의 어깨를 막야가 감싸 안았다.

막야의 부드러운 눈빛과 마주한 유린이 안도의 미소를 지었다.

한편, 두 부부의 분위기와는 달리 양후와 거패, 그리고 하북삼흉은 입을 벌리고 시어사를 바라보고 있었다.

"아무리 봐도 예쁘지?"

양후의 말에 거패가 고개를 끄덕였다.

"끝내주는데. 관부에도 저런 여자가 있었다니, 의외인걸?"

"저보다 예쁜 여자는 많아. 다만 저렇게 상큼한 여자는 드물지."

세영과 함께 머물게 되면서 하북 일흉, 내지는 그냥 일흉이라 불리기 시작한 하북삼흉 중 첫째의 말에 거패가 놀란 눈을 떴다.

"저보다 예쁜 여자가 많다고?"

"그래. 원래 정말 예쁜 여자는 돈과 권력을 쥔 놈들이 다 채 가기 마련이거든."

"그중 누가 제일 예쁘냐?"

"내가 본 거로는… 좌승상의 세 번째 첩이 최고였지."

"좌승상… 너희들이 최근에 이렇게 했다는?"

목을 그어 보이는 거패의 물음에 일흉이 히죽 웃었다.

"죽어 싼 놈이었어."

"그건 알아. 죄명이 하도 길어서 외우기도 어렵더라. 여하간 그놈 세 번째 첩이 최고였다고?"

"그래."

"그 여자, 어디 있냐?"

"그야 모르지……."

일흉의 답에 잠시 무언가를 생각하던 거패가 슬그머니 뒷걸음질 치는 걸 세영이 불러 세웠다.

"헛짓하다 걸리면 똥통에 처박아 둔다."

그 말에 흠칫거린 거패가 고개를 맹렬히 내저었다.

"허, 헛짓이라뇨? 그, 그냥 소피보러 가려는 겁니다."

그런 거패를 슬쩍 일별한 세영이 말했다.

"그 말 거짓말이면……. 네놈 면상을 오줌통에 처박아 둘 거야."

"예, 예."

당황한 거패가 황급히 뒷간으로 달려가는 것을 보며 일흉이 양후에게 작은 음성으로 물었다.

"왜 저래?"

"뭐가?"

"포교님 기분 말이야."

"글쎄… 혹시 제가 저지르는 비리가 걸릴까 봐 그러는 거 아닐까?"

"비리… 아! 그 이야긴 들었어. 엄청나다면서?"

"엄청으론 부족할걸? 개봉 돈은 저 인간이 다 긁는다는 소리가……."

"나 귀 있다."

세영의 음성에 흠칫한 양후와 일흥의 입이 다물렸다.

그런 둘을 못마땅한 시선으로 흘겨본 세영의 고개가 여전히 짐을 옮기는 인부들 사이를 오가는 시어사에게 돌려졌다.

"빌어먹을……."

투덜거리는 세영의 곁으로 다가선 살마가 물었다.

"왜 그래? 얼굴도 예쁘고, 냄새도 좋고. 처녀가 하나 들어오니까 집안 분위기도 좋아지는구먼."

"개새끼냐? 냄새는 무슨……."

"험험! 그, 그냥 향낭 냄새가 좋다, 뭐, 그런 거지."

얼버무리는 살마에게 시선을 준 세영이 물었다.

"그나저나 다시 경고하지만 딴생각 먹지 마라."

"아, 안 한다니까. 내가 딴생각하면 애들까지 싹 쓸어버리겠다는데, 무슨 딴생각."

"그래. 네가 토끼는 날엔 귀살령인지 귀때기인지 죄다 잡아다 똥통에 처박아 버릴 테니까."

"아아, 알았다니까. 거 더럽게 똥통 이야기는 왜 자꾸……."

투덜거리는 살마의 곁으로 개평에서부터 따라붙은 당흥이 다가섰다.

"똥통 이야기가 나와서 말인데, 그 전직 산적 두목이란 놈 말이야."

"거 포쾌가 왜?"

"그 녀석은 왜 오줌통을 붙잡고 사정인 거야?"
"뭔 소리야?"

고개를 갸웃거리는 세영의 물음에 당홍이 답했다.

"그게… 오줌통 앞에 서서 '오줌아, 제발 나와 다오. 아니면 나 똥통 가야 한다.'느니 하던데."

대충 무슨 상황인지 알아차린 세영이 피식 웃는데 어느새 다가온 건지 시어사가 고개를 불쑥 들이밀었다.

"어! 웃었다. 그거 알아요? 웃으면 꽤 괜찮게 생긴 거?"
"뭐, 뭡니까?"

당황해서 뒤로 물러서는 세영을 시어사가 바짝 따라붙었다.

"왜요? 내가 싫어요?"
"그, 그게 아니라……."
"그럼 좋은 거네요?"
"에! 아, 아니, 그런 의미가……."

당황해서 횡설수설하는 세영을 바라보며 시어사가 자신의 아버지와 나누었던 이야기를 떠올렸다.

"단지 두 번 보고 그의 사람됨을 어찌 안단 말이더냐?"
"다른 사람들은 쳐다도 안 보는 모습이 심지가 굳어 보였고, 우승상과 어사대부라는 고관 앞에서조차 위축되지 않는 의연함을 보았사와요. 그 이상 무엇이 필요한가요?"

"그저 변방 고려인의 만용일 수도 있음이니라."
"소녀의 눈엔 만용이 아니라 굳건한 자존심이었나이다."
"허허, 수도 없는 헌헌장부(軒軒丈夫)들을 다 제치고 어찌 그런 고려의 떨거지를……."
"아버님, 제게 약속하셨잖아요. 제 배필은 제가 고를 수 있도록 해 주시겠다고요."
"그거야……."
"이제 그걸 실천해 주세요."

자신을 망연자실한 눈으로 바라보던 아버지의 표정이 아직도 선명하게 떠올랐다.
부친의 걱정을 왜 모를까?
더구나 어머니 없이 홀로 키운 외동딸을 향한 사랑과 근심을 모를 나이도 아니다.
그럼에도 이자를 택한 것은 자신의 눈을, 느낌을 믿기 때문이었다.
상념을 떨쳐 버린 시어사, 유지현이 당황하는 세영에게 더 바짝 다가섰다.

❈   ❈   ❈

시어사가 또랑또랑한 눈으로 지켜보는 가운데 수부타이

가 세영에게 전교 하나를 내밀었다.
"이게… 뭡니까?"
"특수 임무대를 만들라는 전교일세."
"특수 임무대요?"
"어사대 직할로 편입된 이상, 위험한 일을 도맡게 될 테니 그에 합당한 능력을 갖춘 이들로 특수 임무대를 설치하라는 명일세."

순간 고려 순검군의 비호대가 떠오르는 세영이었다.
"몇 명으로 구성해야 한답니까?"
"자네에게 일임한다는군. 인원, 구성에 대한 전권이 주어졌네."

수부타이의 말에 세영의 눈이 반짝였다.
언젠가 잠시 떠올렸던 일을 실행에 옮길 때란 것을 느낀 것이다.
"이름도 제가 지을 수 있는 겁니까?"
"뭐, 생각해 둔 것이라도 있는가?"
"예. 비호대라 칭할까 합니다."
"비호대… 나는 호랑이라……. 나쁘지 않군. 그리하지."
"감사합니다."

수부타이에게 고개를 조아려 보이고 물러나온 세영이 곧바로 황렬과 기륭을 자신의 집무실로 불러들였다.
"불렀냐?"

"찾으셨습니까?"

대조적인 두 사람의 대답에 세영이 황렬을 못마땅한 표정으로 바라보며 말했다.

"좀 배워라."

"뭘?"

"기 포쾌 말투 말이다."

"저 자식 말투를 내가 왜?"

몰라서 그러는 건지, 알면서도 그러는 건지 모를 황렬의 대꾸에 세영이 고개를 내저었다.

"됐다, 됐어. 하긴 네 녀석한테 상관 대우를 받느니 고목에서 꽃 피는 게 빠르겠지."

"알면 됐고."

그 말로 드러났다. 황렬이 몰라서가 아니라 고의로 못 알아들은 척했다는 것을.

"빌어먹을 놈!"

"재수 없는 자식!"

서로를 바라보며 으르렁거리는 두 사람의 모습에 기륭이 작게 한숨을 내쉬었다.

"하아~"

"그래서 땅 꺼지겠냐!"

둘이 똑같이 고함을 지르는 바람에 기륭만 잔뜩 주눅이 들어 버렸다.

비호대를 세우다 • 295

잠시 숨을 고르며 분위기가 가라앉길 기다리던 세영이 말을 이었다.

"두 사람을 부른 건 비호대 창설 때문이다."

"비호대라면 네가 전에 이야기했던 고려 포청의 그거?"

"그래, 정확히는 고려 순검군의 특수 조직이지."

"그걸 세우게 둘까?"

"특수 임무대를 구성하라는 전교가 내려왔다."

세영의 말에 황렬은 그저 그런가 보다 하고 고개를 끄덕였지만, 기륭은 무슨 이유인지 표정을 굳혔다.

그걸 본 세영이 물었다.

"왜? 기 포쾌는 마음에 안 드나?"

"그럴 리가요."

"한데 표정이 왜 그래?"

"그것이… 위에서 특수 임무대를 만들라는 명이 내려왔다는 것은 그걸 쓸 일이 있다는 뜻 아니겠습니까?"

기륭의 말에 서로를 바라본 세영과 황렬의 표정이 굳었다.

미처 생각하지 못했었는데, 듣고 보니 타당성이 있었던 것이다.

"그러니까 우리한테 맡길 위험한 임무가 있을 거다?"

"그렇지 않고서야 전교까지 내려 특수 임무대 구성을 독촉할 일이 없을 테니까요."

"흠… 그럴듯해. 아니, 아마도 맞겠지. 하지만 그렇다고 거부할 수도 없는 노릇이고. 막말로 거부한다고 임무를 안 맡길 인사들도 아니니까. 결국 만일에 대비해 구성하는 수밖에."

세영의 말에 황렬과 기름의 고개가 동시에 끄덕여졌다.

그런 둘을 바라보며 세영이 말을 이었다.

"그래서 이야기인데, 누굴 넣으면 좋을까?"

세영의 물음에 황렬이 당연한 걸 묻는다는 표정으로 답했다.

"뭘 물어? 일단 나하고 양후, 거패, 하북삼흉, 그리고 살마는 반드시 넣어야 하고, 막야는… 생각 좀 해 봐야 하지 않을까?"

황렬의 걱정에 세영이 고개를 저었다.

"정면 대결이라면 네 말이 맞지만 세상일이 정면 대결로만 해결되는 게 아니니까. 살마를 도울 조력자가 필요할 거야. 그리고 막야, 어둠 속에선 충분히 거패 정도의 몫은 해낼 놈이고."

"그렇기야 하지."

황렬이 고개를 끄덕이자 세영의 시선이 기름에게 향했다.

"무림인 출신은 그렇다 치고, 일반 포쾌들 중엔 누굴 넣어야 하지?"

"그게… 특수 임무대면 취조 담당관은 반드시 따라붙어

야 할 겁니다."

"이축 말이군."

"예."

"그리고?"

"추적이 필요할 수도 있으니… 백 포쾌도……."

"백 포쾌?"

"포교님께서 포쾌로 삼으셨다고… 어제 시어사께서 데리고 오셨는데요."

"시어사가? 그럼 그 백 포쾌란 놈, 시어사 끄나풀인 건가?"

세영의 물음에 기름이 난처한 표정으로 답했다.

"그, 그게… 그 백 포쾌 말입니다."

"그 자식이 뭐?"

"백… 울입니다."

"백울? 뭐, 백울! 추노꾼 백울?"

"예, 포교님께서 포쾌로 삼으셨다고… 아닙니까?"

기름의 물음에 비로소 기억이 났다. 시어사가 처음 부임해 오던 날의 대화를.

"아! 백울이라고 추적술에 능한 포쾌를 하나 더 들였습니다."

방을 내주지 않기 위해서 댔던 핑계를 정말로 실현시켰던 것이다.

"빌어먹을!"

"예?"

"아, 아니다. 그럼 그놈도 포함시키고. 또 누가 있지?"

"제가 갈까 합니다."

"네가?"

"예, 관할권이 중원 전역으로 넓어졌으니 다른 좌포청과의 협력도 해야 할 테고, 아무래도 경험이 많은 제가 도움이 되지 않을까 싶습니다."

틀린 말은 아니다. 하지만…….

"그럼 좌포청에 남은 이들은 누가 지휘하고?"

"포령 어른도 계시지만, 구열이 알아서 잘할 겁니다."

구열은 개봉 좌포청 포쾌 서열 2위의 고참이었다. 세영도 잘 아는 이라 고개를 끄덕였다.

"그 녀석이라면… 좋아. 그럼 그쯤에서 추려 보지."

"예, 포교님."

"알았다."

두 사람의 답을 들은 세영의 표정이 굳었다. 내려올 어려운 임무에 대한 걱정 때문이었다.

다음 날, 비호대 구성 신고를 하러 포령의 집무실을 찾은 세영은 난처한 표정의 수부타이에게서 청천 날벼락 같은 소리를 들어야 했다.

"누, 누구를 끼워 넣으라고요?"

"시… 어사 말일세."

"아니, 그 여자를 왜요?"

"그게… 시어사의 명, 아, 아니, 원래 시어사의 배속이 자네 휘하니까 그렇지."

그게 핑계라는 것은 처음의 말만으로도 충분히 짐작할 수 있었다.

"이게 무슨 동네 자경대도 아니고, 정신이 있는 거랍니까?"

"아하하, 내, 내가 무슨 힘이 있나……. 나 좀 살려 주게. 며칠 동안 볶아 대는데 아주 죽겠네."

"하지만 포령……."

"제발 부탁일세."

이젠 아예 두 손을 마주 잡고 사정하는 수부타이의 모습에 세영이 고개를 내저었다.

"그러다 잘못되어도 전 모릅니다."

"그건 자기가 책임지겠다고 했으니 믿어 볼밖에."

그렇게 말하는 수부타이의 얼굴은 전혀 아니올시다였다. 하긴 그만한 고관이 잘못되기라도 하면…….

"에효~ 알겠습니다. 최선을 다해서 보호해 보겠습니다."

"그래 주겠나?"

반색을 하는 수부타이를 바라보며 남모르게 혀를 찬 세영이 말했다.

"대신 외부인 하나를 쓰게 해 주십시오."

"외부인?"

"웃기는 영감탱이 하나가 바짝 달라붙어서는 안 떨어져서요. 보아하니 임무를 나가도 따라다닐 것 같은데 차라리 시어사의 호위 무사로 고용하면 어떨까 싶습니다만……."

"고용이라… 혹시 당홍이라던……."

"예."

세영의 답에 수부타이의 고개가 부러질까 걱정일 정도로 끄덕여졌다.

그도 당홍이 누군지 아는 것이다.

그런 이가 호위라면 시어사의 안위는 걱정하지 않아도 된다고 생각한 모양이었다.

그렇게 포령에게 외부인 고용에 대해 허락을 얻은 세영이 살마와 함께 방을 쓰는 당홍을 찾았다.

"자네가 이 시간에 어쩐 일인가?"

무슨 생각인지 이연, 유린과 함께 쪼그리고 앉아 재잘거리고 있던 당홍이 세영의 등장에 의아한 표정으로 물어 왔다.

"그건 내가 영감한테 물어야 하는 거 아니야? 여기서 도대체 뭐하는 거야?"

"뭐, 대화라고나 할까?"

"호호호! 이분 정말로 재미있는 분이세요, 아주버님."

이연의 말에 세영이 작게 웃었다.

"그래도 조심하세요. 워낙 뒤로 호박씨를 잘 까는 영감탱이라. 혹시 뭐 주거나 그래도 먹지 말고요."

"어머! 아까 몸에 좋은 약이라고 주셔서 동생하고 하나씩 먹었는데……."

당황하는 이연의 말에 세영이 쏘아보자 당홍이 투덜거렸다.

"생각하는 거 하고는……. 애 잘 들어서는 약 하나씩 줬다. 어제 황가 놈이 하도 성화길래."

당홍의 말에 이연과 유린의 볼이 발갛게 물들었다. 그런 그녀들을 일별한 세영이 헛기침을 했다.

"허험, 험! 내, 내가 뭐랬나? 괜히 성질이야."

"쯧! 그나저나 난 왜 찾은 건데?"

못마땅한 표정으로 묻는 당홍에게 세영이 물었다.

"우리는 조만간 임무가 내려올 것 같은데, 영감은 그때 어쩔 거야?"

"어쩌긴, 따라가야지. 내가 남의 집 지키자고 온 것도 아니고."

"그러자면 그냥은 어렵고 좌포청하고 계약을 하나 해야 하는데……."

"계약? 무슨 계약?"

의심의 시선으로 바라보는 당홍에게 세영이 수부타이와 나눈 이야기를 설명했다.

그 이야기를 모두 들은 당홍이 묘한 웃음을 지었다.

"그러니까 그 예쁜 관리를 호위해라?"

"그런 셈이지."

"꼭 그걸 맡아야 따라갈 수 있는 건가?"

"당연하지."

"그렇다면… 뭐, 그러지."

순순하게 고개를 끄덕이는 그를 세영은 뭔가 불안한 시선으로 바라보았고, 당홍은 생글거리며 시선을 마주 대했다.

비호대의 구성이 완료된 이튿날, 세영은 수부타이의 부름을 받았다.

"찾으셨습니까?"

"어서 오게. 전교가 내려왔네."

"어떤……?"

세영의 물음에 잔뜩 굳은 표정의 수부타이가 서찰을 내밀었다.

"직접 보게……."

수부타이가 내민 전교를 읽어 내려가는 세영의 표정이 점점 굳어져 갔다.
 그런 그를 바라보며 수부타이가 중얼거렸다
 "어려운 임무일 거라고는 예상했지만… 어찌… 가능하겠나?"
 수부타이의 물음에 세영은 아무런 답도 하지 못했다.

                                                5권에 계속

www.mayabook.co.kr

www.mayabook.co.kr

www.mayabook.co.kr

www.mayabook.co.kr